Tucholsky Wagner Zola Scott Sydow Freud Schlegel
Turgenev Wallace Fonatne
Twain Walther von der Vogelweide Fouqué Friedrich II. von Preußen
Weber Freiligrath Frey
Fechner Fichte Weiße Rose von Fallersleben Kant Ernst Frommel
Richthofen
Engels Fielding Hölderlin Tacitus Dumas
Fehrs Faber Flaubert Eichendorff
Eliasberg Ebner Eschenbach
Feuerbach Maximilian I. von Habsburg Fock Eliot Zweig
Ewald Vergil
Goethe Elisabeth von Österreich London
Mendelssohn Balzac Shakespeare Dostojewski Ganghofer
Trackl Lichtenberg Rathenau Doyle Gjellerup
Stevenson Hambruch
Mommsen Tolstoi Lenz Droste-Hülshoff
Thoma Hanrieder
Dach Verne von Arnim Hägele Hauff Humboldt
Reuter Rousseau Hagen Hauptmann Gautier
Karrillon Garschin
Damaschke Defoe Hebbel Baudelaire
Descartes
Hegel Kussmaul Herder
Wolfram von Eschenbach Dickens Schopenhauer Rilke George
Bronner Darwin Melville Grimm Jerome
Campe Horváth Aristoteles Bebel Proust
Bismarck Vigny Barlach Voltaire Federer Herodot
Gengenbach Heine
Storm Casanova Tersteegen Grillparzer Georgy
Chamberlain Lessing Langbein Gilm
Brentano Gryphius
Strachwitz Claudius Schiller Lafontaine
Bellamy Schilling Kralik Iffland Sokrates
Katharina II. von Rußland Gerstäcker Raabe Gibbon Tschechow
Löns Hesse Hoffmann Gogol Wilde Gleim Vulpius
Luther Heym Hofmannsthal Klee Hölty Morgenstern
Roth Heyse Klopstock Homer Kleist Goedicke
Luxemburg Puschkin Mörike
La Roche Horaz Musil
Machiavelli Kierkegaard Kraft Kraus
Navarra Aurel Musset
Nestroy Marie de France Lamprecht Kind Kirchhoff Hugo Moltke
Laotse Ipsen Liebknecht
Nietzsche Nansen Ringelnatz
Marx Lassalle Gorki Klett Leibniz
von Ossietzky May vom Stein Lawrence Irving
Petalozzi Knigge
Platon Pückler Michelangelo Kock Kafka
Sachs Poe Liebermann
de Sade Praetorius Mistral Zetkin Korolenko

Der Verlag tredition aus Hamburg veröffentlicht in der Reihe **TREDITION CLASSICS**
Werke aus mehr als zwei Jahrtausenden. Diese waren zu einem Großteil vergriffen
oder nur noch antiquarisch erhältlich.

Symbolfigur für **TREDITION CLASSICS** ist Johannes Gutenberg (1400 — 1468),
der Erfinder des Buchdrucks mit Metalllettern und der Druckerpresse.

Mit der Buchreihe **TREDITION CLASSICS** verfolgt tredition das Ziel, tausende
Klassiker der Weltliteratur verschiedener Sprachen wieder als gedruckte Bücher
aufzulegen – und das weltweit!

Die Buchreihe dient zur Bewahrung der Literatur und Förderung der Kultur.
Sie trägt so dazu bei, dass viele tausend Werke nicht in Vergessenheit geraten.

Der Lächler von Dunnersholm

Alfred Brust

Impressum

Autor: Alfred Brust
Umschlagkonzept: toepferschumann, Berlin

Verlag: tredition GmbH, Hamburg
ISBN: 978-3-8495-2933-8
Printed in Germany

Ziel der TREDITION CLASSICS ist es, tausende deutsch- und
fremdsprachige Klassiker wieder in Buchform verfügbar zu
machen. Die Werke wurden eingescannt und digitalisiert. Dadurch
können etwaige Fehler nicht komplett ausgeschlossen werden.
Unsere Kooperationspartner und wir von tredition versuchen, die
Werke bestmöglich zu bearbeiten. Sollten Sie trotzdem einen Fehler
finden, bitten wir diesen zu entschuldigen. Die Rechtschreibung der
Originalausgabe wurde unverändert übernommen. Daher können
sich hinsichtlich der Schreibweise Widersprüche zu der heutigen
Rechtschreibung ergeben.

Text der Originalausgabe

Alfred Brust

Der Lächler von Dunnersholm

Erzählungen

Gräfe und Unzer / Verlag / Königsberg Pr.
[1931]

Der Lächler von Dunnersholm

In Dunnersholm, dem malerischen Fischerdorf, lieblich gelegen zwischen saftigen Wäldern, die ihrerseits von ragenden Dünen gerahmt sind, von deren Hängen man hinausblickt auf das baltische Meer oder auch landwärts auf den belebten Schwanensee von Dunnersholm (eine deutsche Meile im Geviert) – in Dunnersholm lebte ein einsiedelnder Greis, den man nur den Lächler von Dunnersholm nannte. Dieses Lächlers Häuschen stand abseits vom Ort, hinter all den Feldern und Wiesen, auf denen die Fischer Kraut, Rüben und Kartoffeln pflanzten und das schwarzweiße Dunnersholmer Vieh grasete. Es stand, hellblau gestrichen, dicht vor der dunkelgrünen Wand des schmalen Forststreifens, der hier den freien Blick vom Meer zum Schwanensee hin verhinderte. Der kleine zum Häuschen gehörige Garten wies einiges Buschobst auf und dazwischen mehrere Reihen Beerensträucher. Ein wenig seitlich auf blumigem Rasenstück wuchs eine hohe, schwere Edeltanne, deren Fuß zu dem Umfang ihrer Pyramide in gar keinem Verhältnis stand und die auch von dem leisesten Luftzug ständig sanft gewiegt wurde. Aber blies der Sturm in ihre gestuften Fächer, so legte sie sich fast auf die Erde, um von Atem zu Atem immer wieder emporzuschnellen, während die Stieglitze, die darin wohnten, Mühe hatten, nicht aus ihren Nestchen geworfen zu werden.

Früh am Morgen, wenn die Nebel wogten und der Ruf des Wachtelkönigs hart durch die Landschaft schnitt, wenn die Nachtigallen aus den Zweigen am Ufer der Waldgräben immer heißer hämmerten, wenn die scheuen Rehe auf das offene Feld traten, äugten und tranken und sich wieder lautlos ins Gebüsch drängten, zu solcher Stunde trat vor die Tür seines Hauses der einsame Lächler und harrte, reglos den Blick ostwärts gesandt, daß die Sonne ihren liebsten Gott verriet, wie er's zu nennen pflegte. Damit begannen seine lebendigen Tage, daß er sein trunken Gesicht dem blitzenden Auge der Sonne entgegenhob und den vollen Becher der Kraft dieser stärkenden Stunde in gemessenen Zügen leerte. Dann brach er sein Brot und netzte den Gaumen mit wenig Milch oder Wein. Sein körperlich Tagwerk: drei Stunden Arbeit in Garten und Feld: bis zum Mittag bei Büchern und weißem Papier: ein Quentchen Schlummer: das Mahl, ohne Mühe und wie es fiel! Den Nachmittag füllte beschauliches Denken aus, durch die Pflege seiner wenigen Haustiere zuweilen unterbrochen. Oder es kam Besuch, sehr viel Besuch, von nahen und fernen Menschen: von Neugierde gedrängt, den milden Lächler zu sehen, ihn um Rat zu fragen, seine Hand zu berühren, allein mit den Augen Trost zu erbitten, oder auch, um eine seiner Geschichten zu hören, deren er eine ganze Menge wußte, und die immer neu und anders in ihren Beziehungen zur Mitwelt waren. Auch gröbster Neugierde wehrte er nicht, wenn z. B. Menschen zweifelhafter Geistesverfassung, die in Dunnersholm das Badeleben genossen, eine Stunde oder auch zwei an seinem Fenster standen und seiner Hantierung im Hause zuschauten. Ihn schien das alles keineswegs zu stören, denn er lebte Tag und Nacht wie ein Mensch, der einfach nichts zu verbergen hat. Und manchmal hob er in solchen Gelegenheiten sein von schneeigem Haupt- und Barthaar bekränztes Gesicht und nickte mit tiefem Lächeln den Aufdringlichen zu, die dann meistens vor Erstaunen nicht wußten, was sie beginnen sollten und sich mit eiligen Schritten entfernten.

Trotz dieses offenen Lebens vor aller Menschen Augen umgab den Greis ein undurchdringliches Geheimnis, das nicht zu biegen und nicht zu brechen war. Selbst die Bewohner des Fischerdorfes standen vor einem Rätsel, dessen Reiz allerdings im Laufe von Jahrzehnten vollständig abgenutzt war. Sensationsdurstige Fremde versuchten oftmals gewagteste Geständnisse zu erjagen, aber alles brach an der Tatsache zusammen, daß auch die Fischer keinen Schlüssel zum Geheimnis besaßen; ja – mitunter mußte man sich eingestehen, daß man sich nur selber dieses Rätsel ausgedacht hatte – und daß es vielleicht gar kein solches Rätsel gäbe. Man wußte nur dies: das Häuschen des Lächlers mit dem Stückchen Land herum gehörte nicht zu Dunnersholm, sondern zu den großen Gütern jenseits des Forststreifens, die seit Jahrhunderten im Besitz einer sehr alten Familie dieser Provinz waren. Auch fiel das Haus in jeder amtlichen Beziehung jenem Bezirk zu, so daß es ohne alle Verbindlichkeit zu Dunnersholm blieb. Briefschaften hatte der alte Herr in den Jahren seines hiesigen Lebens nie empfangen, und niemand konnte sich erinnern, jemals eine Zeitung bei ihm gesehen zu haben – kurz: man kannte einfach den Namen dieses einsamen Siedlers nicht, wußte nichts von seiner Vergangenheit und Herkunft und was ihn etwa bewogen haben konnte, ein solch absonderliches Dasein an der Seite von Dunnersholm zu führen. Zwar wußte man, daß in den zuständigen Büchern dort hinter der Forst ein Name, ein einfacher, alltäglicher Vor- und Zuname stand, unter dem etwas ganz Nebensächliches verbucht war, aber dieser Name war so entsetzlich belanglos und stand so sehr wenig in Fühlung zu seinem seltsamen Träger, daß es eine Art Entweihung gewesen wäre – eine Entweihung des eigenen Empfindens für den Greis – wenn man ihn auch nur ausgesprochen hätte. Auch spürte man es recht deutlich, daß Gott und Natur in Benennung von menschlichen Wesen weitschauender handeln, daß dieser Mann jedenfalls niemals für den Namen, den man ihm anmutete, gefühlt oder gewirkt hatte. Die Schloßherrschaft selber zeichnete den Einsamen selten, aber doch! mit ihrem Besuch aus, und dabei mußte die entschiedene Ehrfurcht auffallen, mit der diese Ergebenheit gewohnten Menschen dem Besuchten entgegentraten – eine Ehrfurcht, welche der ewige Lächler in dieser einzigen Ausnahme mit ernstester Gelassenheit hinnahm . . .

Die Seeleute – im allgemeinen wenig zu Neugier aufgelegt – ließen es bei kleinerem Mutmaßen bewenden. Es war vielleicht ein Herr von großem Namen, der durch äußere Konflikte gezwungen gewesen, diese Zuflucht aufzusuchen. Aber die sommerlichen Gäste – insonderheit diejenigen weiblichen Geschlechts – fanden Stoff, sich in abenteuerlichen Vermutungen zu ergehen. War dieser milde Mann der abgekämpfte Mörder einer schönen Frau? War er ein Herzog aus dem Hause Oesterreich? Konnte jedoch solch ein stiller Weiser hoher, höchster, allerhöchster Herkunft sein? Mußte man ihn nicht vielmehr unter den großen Namen des Schrifttums suchen? Doch alle diese unmaßgeblichen Fühler konnten nimmermehr das aufreizende Geheimnis zerbrechen. Es blieb wie und was es war, indes die Jahreszeiten kamen und gingen und die Landschaft emporwuchs und unmerklich anders wurde. Schließlich war es den Bewohnern von Dunnersholm wirklich gleichgültig, wer dieser fremde Mensch sein mochte. Er wußte Gaben zu verteilen. Nie ging ein Armer von seinem Hause anders als mit leuchtendem Gesicht. Er verschenkte die selbstgezogenen Früchte aus Acker und Garten. Und die Jungmütter baten ihn niemals vergeblich um die fette Milch seiner prächtigen Ziegen . . . Niemand konnte sich erinnern, ihn jemals im Ort gesehen zu haben. Und er war sicher keinmal in diesem halben Menschenleben am Ufer des Meeres gewesen. Er liebte das Meer nicht, wie er sagte, denn es reize zur Unbeständigkeit. Wohl aber schritt er oftmals durch den Wald und blickte gern lange in das ruhige Wasser des Schwanensees; besonders zur Brutzeit, wenn die Wildschwäne mit singenden Rufen über dem zitternden Spiegel kreisten. – – –

Im Ort wohnte ein Fischer namens Trieß. Er hatte eine Tochter Maria. Seine Frau war bald nach der Geburt des Kindchens gestorben, wohl weil sie das rauhe Klima dieser Provinz nicht vertragen hatte; denn sie stammte aus einem südlichen Lande. Maria wuchs heran und war schon als Kind von großer Schönheit. Ihr Vater ließ sie kaum einen Schritt aus dem Hause, ohne daß er sie begleitet hätte. Es ist dies vielleicht nicht nötig aufzuzeichnen, aber es muß doch gesagt werden, daß sie bereits in jüngsten Jahren von seltsamen Einfällen heimgesucht wurde. Von außen betrachtet schien die Haupteigenschaft der kleinen Maria Neugierde zu sein, denn sie hörte gern zu, wenn die Menschen miteinander sprachen. Wenn Sprechende vorübergingen, konnte sie stehenbleiben und ihnen nachlauschen. Auch schlich sie leise heran, wenn redende Menschen im Freien saßen. Ihr Vater war bitter erzürnt ob dieser Veranlagung. Doch die Sucht war stärker als alle Strafe – und niemand konnte wissen, daß sie bei diesem Gebaren keinesfalls unlautere Gedanken hegte. Urteilslose Menschen würden dem Kinde vielleicht Phantasie zugebilligt haben, während sich in diesem Wesen ganz andere Kräfte Geltung schufen, die nicht sogleich mit Namen zu benennen sind. Maria besaß nämlich die Möglichkeit, sich nach Art, Klang, Stimmung eines gehörten Satzes so in denselben hineinzufühlen, als habe sie diesen Satz selber gesprochen, ja, als wüßte sie damit das ganze Lebensgeheimnis des Menschen, den sie hatte reden hören. Sie vermochte sich so namenlos tief in die Psyche eines Menschen, von dem sie ein gesprochenes Wort kannte, hineinzudenken, daß in ihrem tiefsten Wesen etwas so Nahes, Heißes zu leben begann. Und dieses Nahe und Heiße war es, welches von allem Lebendigen um sie her den Schleier zog und sie hinabschauen ließ in alle Verästelungen fremden Geschicks. Es waren dies keine Erlebnisse, die sie womöglich in Worte kleiden konnte. Es waren Erlebnisse und Ereignisse auf der Oberfläche einer stillen Seele – aus und für Seele geboren – Ereignisse also, mit denen sich – wenn man so will – auf dieser deutlichen Erde nichts anfangen ließ . . . Sie erinnerte sich ganz genau des Abends, als sie zum ersten Male die Fischer von dem Geheimnis des Dunnersholmer Lächlers hatte reden hören. Es war in jenen Augenblicken ein ganz weißer Schreck auf ihr Herz gefallen, ein Schreck, der nicht Furcht und Beklommenheit auslöste, sondern ein Schreck, der einen Vorhang in ihrem Sein zerriß – und einen Wegweiser baute, der von einem fernen Licht beleuchtet wurde. Seit jenem Abend war alles an ihr Wunsch und Wille, des Lächlers Stimme zu hören, einmal nur zu hören, um das größte Geheimnis ihrer Heimat kennenzulernen.

Doch es war seltsam. So häufig sie sich auch auf den Weg machte, das Haus am Waldrand aufzusuchen, immer wurde ihre Absicht vereitelt. Es war ganz unbegreiflich, wie erfindungsreich das Geschick war, ihr kurz vor der Erfüllung ihres Vorhabens einen Strick um die Füße zu werfen. Sie spürte es immer deutlicher, daß das Haus für sie mit einer Wand umgeben war, deren Pforte sie nicht entdecken konnte. Und nur einmal, als sie mit Grimm und Verachtung des Todes die Schranke durchbrach, geschah es, daß ihr die Füße den Dienst nicht versagten und sie auf den ersehnten Hof trugen. Der milde Mann saß vor der Haustür und blickte schweigend auf das Kind. Dies ließ die Augen sinken wie in ertappter Schuld. Und als es seine Blicke bittend zu denen des Lächlers erhob, errötete der, schüttelte ganz langsam das Haupt, stand auf und ging in das Haus, die schwere Tür hinter sich verriegelnd. Maria wußte nicht, wie sie an jenem Tage nach Hause gekommen war. Nie wieder hat sie ihren Versuch wiederholt. Nur abends stand sie am Rande des Dorfes und schaute mit brennender Sehnsucht nach der Einsiedlung hinüber. – – –

Als sie am Morgen ihres sechzehnten Geburtstages aufstand und hineinging, ihren Vater zu wecken, lag dieser entseelt auf dem Bett. Sie besorgte das Nötige und fand sich als Herrin mehrerer Häuser und Boote. Anverwandte hatte sie nicht. Und sie suchte eine Brust für die brennende Stirn.

Wie sie wieder am Abend nach dem Waldrand hinüberblickte, lösten sich plötzlich ihre Schritte, und es war ihr, als schwebte sie dem einsamen Hause entgegen. Es war keine Wand mehr, fühlte sie, und der Greis stand unter dem Birnbaum im Hof und nickte ihr lächelnd zu.

»Hier bin ich«, sagte Maria.

»Ich weiß es«, entgegnete der Lächler.

Er küßte sie auf die Stirn, hob sie auf und trug sie in seine Kammer.

Und sie hat diesen Hof nie mehr verlassen. Sie schenkte einem Knäblein das Leben, der ein starker Dichter wurde. Er trug den Decknamen des Lächlers, ihn mit großen Impulsen füllend, bis er Wurzel eines neuen Namensgeschlechtes mit großen Ausmaßen wurde – *ohne* jene Müdigkeiten, deren Träger und Sender der Name einer Dynastie ist, die sich in ihrer Weite sterbend verliert.

Der Präsident.

Er trat ins Freie. Die Gäste im Kurhaus schliefen noch alle. Nur die Scheuerfrauen verrichteten ihr frühes Tagwerk. Der Portier stand unschlüssig in seinem Kabinett und gähnte verstohlen. Der Kaffee-kellner, frisch rasiert und gebügelt, faltete Servietten.

Der Präsident schritt durch den Park über Wege, deren blauer Sand von einem Burschen sauber geharkt wurde. Nun drückte der Präsident die ersten störenden Fußtapfen in die einfältigen Muster des jungen Menschen. Am Ende des langen Ganges blieb der Präsi-dent stehen und blickte ein wenig peinlich zurück auf die gerade Schnur seiner einsamen Schritte. Und der Gärtnerbursche stand am anderen Ende des Ganges, besah sich mit schiefem Kopf den An-griff auf sein Morgenwerk, kratzte sich hinter den Ohren und be-gann dann rückwärtsschreitend seine Harklektion noch einmal.

Der Seestrand lag leer. Denn es war Spätsommer. Und die Menge der umgestürzten Strandkörbe, mit dem Rücken nach oben, sah aus, als ob sie schliefe. Die Sonne hatte den Horizont verlassen. Es war ganz windstill. Die See erglänzte unendlich. Auch nicht der leiseste Hauch rührte ein Wellchen auf. Am Fischerplatz träumten die Boote mit schlaffen Segeln. Im Bad schwamm ein Mensch prüfend die Leinen und Pfähle ab. Es war der Bademeister.

Der Präsident war sich nicht unschlüssig darüber, wohin er zu gehen hatte. Ein Präsident ist sich niemals unschlüssig. Und dieser Präsident war es sich ganz besonders nicht. Und das hatte seine Laufbahn gemacht! Und so hatte er in verhältnismäßig jungen Jah-ren in seinem Beruf das Ziel erreicht. Es war ein eigenartiger Schreck gewesen, als er eines Tages in seinem Arbeitsraum mit neuem Streben ans Werk gehen wollte und plötzlich fühlte: das Ziel ist erreicht; höher geht's nimmer. Es war kein Platz mehr da, der ihm vorstand. Sein bester Ansporn, der Ehrgeiz, war überflüssig geworden; politische Ambitionen waren ihm fremd und verhaßt. Es schwebte ihm dunkel vor, daß er zum Wohl der Menschheit zu arbeiten hatte. Er griff die Formel auf und füllte sie mit schemati-schem Tun. Aber sein Name wurde überall mit Ehrfurcht genannt, als eine der gewissenhaftesten Stützen der Nation. Das Gefühl einer inneren Leere jedoch, das er ständig mit sich herumtrug, konnte er nicht ausfüllen. Er begann zum erstenmal im Leben sich umzusehen. Er beschloß, eine Familie zu gründen und heiratete eine unerhörte Schönheit. Jetzt war er sehr glücklich, was auch dadurch zum Ausdruck kam, daß er die Formel »zum Wohl der Menschheit arbeiten« mit einem Einschlag von Freude, Milde und Segensgüte ausführte. Er empfand darob ein Vollerwerden seiner Persönlichkeit, und seinen Handlungen eignete bald das Merkmal gelassener Ruhe.

Und doch geschah es in dieser kleinen Seestadt, die zugleich ein anspruchsvoller Badeort war, daß diese persönliche Ruhe auf das entscheidendste gestört wurde.

Schon bei seiner Ankunft mußte er eine unbegründete, unerklärliche Unruhe in seinem Wesen wahrnehmen, die ihn mit einem Male ergriff, und der eine leise aber deutliche Steigerung eignete. Das seltsame Gefühl kam unbestimmbar aus der Brust, doch es war ihm unmöglich, festzustellen, wie sich solch eine Stimmung aus diesem reinen Körperteil ringen konnte. Es verwunderte ihn nur, daß ihm dieses spannende Gefühl durchaus nicht unbekannt war. Und als er auf einem einsamen Wege ganz tief und scharf in sich blickte, gewahrte er mit Staunen, daß diese klopfende Unrast seit je in seiner Brust gewesen war, aber nur als sanftes Zittern, das sehr selten zu einer schwachen mahnenden Stimme wurde, die sich durch eine Handbewegung oder durch ein Glas Wein verscheuchen ließ. Jetzt aber war es aufgestanden in ihm und drückte ihn stickend an der Kehle. Und so sehr er auch sann und grübelte: die Ursache dieser Unruhe, die er als Lebensbegleiter feststellen mußte, konnte er nicht finden. Es war ihm nicht möglich, bis auf den Anfang jenes Zitterns zurückzudenken. Er konnte nicht ergründen, zu welcher Zeit sich sein Lebensbegleiter ihm beigesellt hatte. Es mußte dies wohl unsagbar heimlich geschehen sein.

Sein Aufenthalt in dieser Seestadt war nur auf einen Tag berechnet gewesen, weil er in beruflicher Eigenschaft den Hafen und seine Möglichkeiten sowie das Eisenbahngelände zu besichtigen hatte. Aber er fühlte gegen Abend eine Schwäche in sich, die ihm geraten erscheinen ließ, die Rückreise auf den nächsten Tag zu verschieben. Er bestellte sich ein Zimmer im Kurhaus und suchte es frühzeitig auf. Und als er den kleinen üppigen Luxusraum betrat, öffnete sich der Vorhang zu der Verborgenheit seines Daseins und ließ ihn die Blendung eines vergessenen Augenblicks ins Hirn gleißen.

An der Wand über seinem Bett, in dem er heute nacht schlafen sollte, hing unter Glas und in dünnem anspruchslosem Rahmen eine Photographie größeren Formats und stellte eine Dame dar, die etwa fünfundzwanzig Jahre zählen mochte und sehr geschmackvoll gekleidet war. Zunächst glaubte er von einer Sinnestäuschung befallen zu sein, mußte jedoch sogleich die Tatsache anerkennen, als ihm offenbar wurde, daß seine Begegnung mit diesem Weibwesen, die nur ein paar Minuten gedauert hatte, die Ursache seiner Unruhe gewesen war, die er zeitlebens unbewußt mit sich herumgetragen hatte und heute morgen so willkürlich und heftig aus ihm herausgestürzt war. Vollkommen fassungslos aber gebärdete er sich, als er das Bild vorsichtig vom Haken hob, um es genauer zu betrachten und dabei auf der Rückseite eine handschriftliche Widmung fand: »Meiner einzigen Freundin Linden von ihrer dankbaren Ella Riemon (Elise Ley).«

Der Präsident ließ sich in einen Sessel sinken und legte das Bild aus seinen bebenden Händen vor sich auf den Tisch. Sein Blick gähnte ins Leere, denn mit den Augen der Seele sah er weit zurück in seine jungen Jahre und hielt das kleine Erlebnis umfangen, das er völlig vergessen hatte, und das doch irgendwie ganz wesenhaft in jedem Augenblick seines Lebens in ihm verborgen gestanden war.

Er hatte die Schule mit dem Reifezeugnis verlassen und befand sich zur Erholung bei Verwandten auf dem Lande. In dieser Ortschaft gab es einen schweren Trinker namens Riemon, der schon infolge Schlägereien und Randalierungen mehr als fünfzigmal im Gefängnis gesessen hatte. Er war ein tüchtiger, gewissenhafter Arbeiter. Aber sobald der Dämon über ihn kam, war er verloren. – Eines Tages ging der junge Student durch den Wald und hörte abseits des Weges ein banges Schluchzen. Er brach durch die Büsche und fand ein Mädchen sitzen, das die Tochter Ella des erwähnten Riemon war. Ein paar Schritte weiter lag ihr Vater in besinnungslosem Zustande. Der junge Mann wurde sogleich von Mitleid geschüttelt, setzte sich zu dem Mädchen und begann errötend Trostworte zu stammeln. Er sprach sehr viel und redete innig auf die

Weinende ein. Es waren sicher schöne Worte gewesen, denen er mit einem leidenschaftlichen Versprechen die Krone aufsetzte.

»Und wenn ich studiert habe, dann komme ich Sie holen. Und dann werden Sie eine große Dame werden!«

Da hatte ihm das Mädchen voll ins Gesicht gesehen. Und der Jüngling hatte wahrnehmen gemußt, daß in diesen tiefen Augen etwas ihm so unerhört Nahes und Bekanntes lebte. Und dieses Nahe und Bekannte hatte die beiden jungen Leute zu einem erstaunten, zitternden Kuß *gezwungen.* Dann war der Wagen gekommen, der den Betrunkenen ins Gefängnis bringen sollte, worin er kurz darauf verstorben ist.

Der Präsident sprang auf und ging mehrmals im Zimmer auf und ab. Er schellte nach der Bedienung und ließ sich eine Flasche Wein bringen. Er würgte zwei Glas davon hinunter, setzte sich und nahm wieder das Bild zur Hand.

Er hatte die Episode vergessen gehabt; wenn auch nicht ganz vergessen, so hatte er sich doch ihrer nicht erinnern können. Oder er hatte sich im Anfang ihrer nicht erinnern *wollen* – solange bis der Pfad verschüttet war. Jetzt fand er ihr Bild, und es war mit »Elise Ley« unterzeichnet. Und Elise Ley war die größte Tragödin des Vaterlandes. Wie war das möglich gewesen, daß er nie erfahren hatte, wer sich hinter diesem allbekannten Namen verbarg? Mit dem Theater hatte er sich erst beschäftigt, als er verheiratet war. Vordem hatte er nichts dafür übrig gehabt. Wohl hatte er Bilder der großen Tragödin gesehen, aber es waren nur Masken gewesen, hinter die zu dringen ihm kein Genuß war. Solch ein persönliches Bild wie dieses, das dazu aus den jungen Jahren der Berühmten stammte, war ihm nie zu Gesicht gekommen. Und gerade an diesem Abend spielte sie in der Stadt seiner Präsidenz. Es sollte ihr letztes Auftreten sein, wie die Blätter gemeldet hatten. Sie würde sich jetzt auf ein einsames Landhaus zurückziehen!

Und *er* war nicht im Theater! *Sie* spielte vielleicht für *ihn! Sie* wartete gewiß noch immer, daß *er* sie holen käme!! Oh – schnell dahin! Schnell dahin!!!

Es schrie etwas in ihm auf, etwas zeitlebens Gepeinigtes, Gefolter-
tes. Es wollte etwas in ihm freiwerden, etwas Grenzenloses, vor
dem er sich fürchtete!

Aber er legte sich zu Bett, nachdem er allen Wein getrunken, und
schlief mit schweren Träumen bis zum Morgen . . .

Jetzt ging er die Strandstraße entlang. Auch für Ella Riemon oder
Elise Ley mochte die Nacht vorüber sein. Sie würde im »Reichsad-
ler« übernachtet haben und vielleicht hinausblicken auf den Platz
am Dom. Er aber ging jetzt in ein Haus am Strande. Es war der Le-
sesaal. Er wußte genau, welche Zeitschrift er zu greifen hatte, und
setzte sich ans Fenster. Da war seine unbewußte Geliebte abgebildet
in einer Reihe von Rollen, die sie diesseits und jenseits des Ozeans
verkörpert hatte. Und es waren alles große, schöne, starke Frauen-
wesen, die sie darstellte.

Der Präsident sah hinaus auf das Meer. Und er sah wieder ins
Heft hinein, in die Augen, die ihn kannten und die seine ganze Persönlichkeit hochhoben, daß ihn schwindelte und er sich am Stuhl-
sitz festhielt, um nicht abzustürzen! Dann erhob er sich und ging ins
Freie, stieg hinab an den Strand, sah auf die Möwen, auf die Fischer
und ihre Segelboote, trat fest und sicher auf, denn der Sand war
feucht. Er dachte an seine schöne Frau und an seine blühenden
Kinder. Er erinnerte sich einmal gelesen zu haben, daß die höchste
aller Tugenden die Pflicht sei. Wen es braucht, den läßt das Leben
nicht umkommen. Auch wenn sie wollen – die menschlichen Arme
sind schwach. Aber die Pflicht des Mannes gehört der Familie, die
er gegründet! Seine Gefühle haben zu schweigen! Denn sie sind
hinderlich und nichts nütze!

Und er rückte sich das Einglas vors Auge und empfand sogleich,
wie er seine Persönlichkeit außerhalb der ihn umgebenden Dinge
und Menschen stellte. Er fühlte, daß der gestrige Tag eine notwen-
dige Klärung in sein Dasein gebracht hatte. Jetzt aber war das alles
beziehungslos, war vorbei . . .

Er schritt zurück. Er stieg in den Zug. Er kam heim in seine Stadt:
durchaus ein Präsident! Und niemand sah ihm an, niemand erkannte, daß der Liebe reißender Strudel über ihn hingebraust war.

Die Visionen des Fischers Himp.

Selbstredend gab es in Dunnersholm auch Menschen, die daran zweifelten, daß der Seefischer Anders Himp zuweilen Dinge sah, deren Existenz nur einer ganz bestimmten Sorte von Hellsehern und Propheten bekannt ist. Man sprach ihm das Vermögen ab, unirdische Vorkommnisse zu erlernen. Nur ein gewisser Kreis von Fischern und Tagelöhnern glaubte an seine Begabung, weil er zweimal Bootsunfälle vorausgesagt hatte, die dann mit beängstigender Genauigkeit eingetreten waren. In Wirklichkeit hatte Himp diese Bootsunfälle abgeträumt; daß er sie in der Luft »gesehen« haben wollte, war lediglich ein Ausbruch seiner Phantasie, die er so oft zum besten gegeben hatte, bis er schließlich selber daran glaubte. Einmal war er mitten auf dem Fischerwege stehengeblieben, hatte das eine Auge zugekniffen und mit dem andern ein seitwärts vom Wege ausgesetztes Nachtgefäß aufs Korn genommen: wie war es bloß gewesen mit dem Gesicht? – Die Geschichte floß durcheinander. Er konnte sich nicht erinnern. Dichtung und Wahrheit waren einfach nicht mehr auseinander zu halten.

Doch von seinen richtigen Visionen, die ein Geist, von dem noch zu reden sein wird, ihm offenbarte, hatte Himp niemals gesprochen. Diese Visionen hatten sich bei ihm sehr langsam im Laufe des zunehmenden und des abnehmenden Lebens eingestellt. Wenn er sagen sollte, wie das alles gekommen war – er wußte es selbst nicht. Es war von selber in sein Dasein geflossen, ohne seine Hilfe sozusagen. Die großen Segler, auf denen er die Weltmeere befahren hatte, waren eine kitzliche, waren eine langweilige Sache gewesen. Zwischen dem Glasen das Feuerwasser – richtig! so fing's an!

Auf der Reise, die seine letzte sein sollte, hatte er verteufelt gut abgeschnitten. Es war etwas seitlich von Buenos Aires gewesen. Ein geringfügiges Erlebnis auf Hieb und Stich. Die Rückfahrt nach der Heimat konnte er schon als Passagier antreten. Hier kaufte er sich ein Häuschen, legte ab und zu ein paar Netze; doch besonders befaßte er sich mit der Bernsteinfischerei. Er fand mit glücklicher Hand hervorragende Kapselungen, die er für gutes Geld an das Bernsteinmuseum in Königsberg verkaufte . . . Der Grog ging ihm sehr leicht an den Mund; je mehr er zu Geld kam – desto leichter. Es kam eine Zeit, da tauchte er jeden Abend die Nase so voll ins Glas, daß er Schlag zehn von den Kumpanen besinnungslos nach Hause getragen werden mußte. »Wie gut, daß ich kein Weib hab'«, dachte er am anderen Morgen, und war tagüber an der See, um abends wieder seine Passion zu erleben . . . Doch es kam eine Zeit, da hörte dies Leben auf. Der starke Wechsel der Stimmungen wurde ihm unerträglich. Der dauerhafte Zustand, in den er sich versetzte, war eine ständige, leise Besoffenheit, die er auch nächtlicherweile, wenn er erwachte, durch einen saftigen Hieb aus der Flasche angemessen stützte. Sein Gang wurde steif und saß im Oberkörper seltsam sicher. Sein Blick stand stier und leicht verschleiert. Sein Schlaf war fest und traumlos; aber im Augenblick des Erwachens drängten sich ihm Bilder von unerhörter Lebhaftigkeit auf. Mitunter waren diese kurzen Träume so schreckhaft und natürlich, daß er mit lauten Schreien vom Lager auffuhr – mit Schweiß benetzt – und beseligt niedersank zur Erde, als er sich auf dieser Welt lebend wiederfand. Eines Morgens jedoch begann das Leben unangenehm zu werden. Als er sich langsam erwachen fühlte, stürmte ein Heer von Mäusen über ihn hin und bekroch ihn, daß ihm die Sinne zu schwinden drohten. Es war ein furchtbares Ringen. Nur schwer ließ sich der hartnäckige Vorhang von den Augen reißen. Er sah in den Spiegel und starrte in sein entsetztes Gesicht. Und dieses kribbelnde Gefühl am ganzen Körper verfolgte ihn durch alle Stunden des Tages. Jetzt fürchtete er den Schlaf. Mäuseangst jagte ihn unruhig durch die Zimmer seines kleinen Hauses. Er hatte ein Empfinden von Dankbarkeit, als die Nacht glücklich vorbei war. Aber eines Morgens stand ihm der Mäusetraum in voller Größe wieder vorm Gesicht. Jetzt kam Mäuseangst über ihn wie noch nie. Er sah in die Ecken, er blickte unter die Möbel, zögernd nur betrat er Boden, Keller, Kammer und Stall. Er wußte, er würde steif vor Grausen werden, wenn ihm auch nur eine kleine Maus vor Augen käme.

Jetzt wurde die Flasche schneller leer, und der Mäusetraum kam nicht wieder. Nur die Angst war geblieben und steigerte sich am Abend bis zur Unerträglichkeit. Und eines Tages, in der Dämmerung, als er sich einem starken Wogen seiner Gedanken hingegeben hatte, ersah er zu seinen Füßen eine sitzende Maus. Das Mark gefror ihm. Lähmung schraubte ihn auf den Sitz. Gräuliches Entsetzen kroch ihm den Rücken hoch. Da!! Da!!! Es gurgelte in seiner Kehle.

Die Augen quollen ihm aus dem Kopf. Mit gräßlichem Schrei riß er sich aus dem Bann, ergriff die Tischlampe und schleuderte sie gegen das Geschöpf, das er sah. Dann heulte er laut auf und weinte eine Stunde. Und als er aufblickte nach dieser Stunde – saß das Tier in halber Höhe der Wand. »Satan«, brüllte er und schüttelte die Fäuste. Und nach einer Weile, sich umschauend, mit bleichem Munde: »Da . . . Da . . . Da – ist sie wieder . . . Da! Da!!« Er verfolgte die vermeintlichen Bewegungen der Maus mit dem Zeigefinger. Dann – nach der anderen Seite des Zimmers gewendet – stieß er ein schrilles Gelächter aus. »Hier! Hiiiier! Dadadada ist sie!!! Heiheiheihei!!!«

Nur im Hause kam ihm die Maus zu Gesicht. An der See war die Luft rein. Und da es Frühling wurde, beschränkte er den Aufenthalt in seinem gefürchteten Heim bis auf das Notwendigste. Aber da geschah, daß, als er sich eines schönen Vormittags ins Boot setzte, ihn ein ungeheurer Schwarm kleiner, silberner Fliegen überfiel. Sie umwirbelten ihn auf und nieder mit einer Geschwindigkeit, daß ihm die Ohren sausten und ein Gefühl ohnmächtiger Schwäche sich ihm ins Hirn preßte. Er schlug mit den Händen nach den schwärmenden Insekten, ohne auch nur eines zwischen die Finger zu bekommen. Die Fischer aus den Nachbarbooten und die Frauen vom Strande sahen ihm verwundert zu. Und als ihn jemand anrief: »Anders, was is?«, erschrak er tief und hielt in seiner Abwehr inne. »Jaja –«, sagte er schnell, »wieder, wieder so ein Gesicht!« – Man bestürmte ihn mit Fragen. Er wehrte entschieden und geheimnisvoll ab. »Wie bekommt man so was?«, fragte ihn ein blonder Jüngling mit gläubigem, bewunderndem Aufblick. Anders Himp nickte mehrmals leise mit dem Kopfe und sprach mit feierlichem Ernst: »Ohn' Fleiß kein Preis, sag' ich dir, Jung!« – Er stöhnte noch einige Male auf. Dann ging er über den Trockenplatz langsam ins Dorf. An diesem Tage fuhr kein Boot hinaus, die Netze auszulegen.

Doch mit der Zeit verschwand die Maus, wie von der Katze weggefressen. Und die Schwärme der silbernen Fliegen nahmen langsam ab. Himp atmete auf. Er saß fest im Grog wie der Reiter im Sattel. Die Zügel seines Vorhandenseins lagen in seiner breiten Klaue wie das geteerte Ankertau im Spill. Leider hatte er es seit kurzem mit einer blödsinnigen Klebrigkeit auf der Zunge zu tun. Er wollte darauf zuerst nicht achten. Doch er mußte, bevor er den

Mund zum Sprechen öffnete, die Lippen und Backen heftig in die Mundhöhle ziehen, um die Zunge zu befreien. Manchmal auch, wenn er unbeobachtet war, streckte er die Zunge so weit wie möglich aus dem Halse und, indem er sie wieder langsam einzog, kratzte er mit den oberen Zähnen den vermeintlichen Kleister ab und spie ihn mit heftigem Ekel gegen die Erde, daß es klatschte. Und eines Tages gewahrte er, daß ihm Fäden auf der Zunge gewachsen waren, lange dünne Fäden, die sich zwischen den Lippen fühlen ließen. Da ward ihm vom Rachen aus schrecklich beklommen zumute. Und mit der trockenen Hand riß er die Fäden heraus und blickte in die Scherbe des aus Mäuseangst zerschlagenen Spiegels. Es floß kein Blut, aber er fühlte ganz deutlich, wie rasch die Fäden nachwuchsen und immer länger und länger wurden. Ihm klappten die Zähne aufeinander, daß es an den Wänden nur so schallte. Und durch seinen Leib fuhr jener Schauer, von dem man sagt: der Tod rennt durch die Glieder. Er taumelte zum Schrank und griff sich eine Flasche Rum. Sie war verlackt. Mit zitternden Händen nahm er den Korkheber: Huipack! Er ließ sein Gesäß in den Sessel dröhnen. »Rietz!«, rief er und setzte die Flasche mit unwahrscheinlicher Geschwindigkeit auf den Tisch. »Helf! Helf!«, stammelte er und schlotterte mit den Beinen.

Mit dem Knall des Pfropfens entsprang dem Flaschenhalse ein bläulicher Dunst, der sich sofort durch das ganze Zimmer gleichmäßig entbreitete. Zugleich machte sich ein scharfer Geruch bemerkbar, von dem Himp wußte, daß er mit demjenigen des Schnapses nicht identisch war. Er steckte die Oellampe an, denn der Abend schattete ins Zimmer, und stellte vor die Fensteröffnung einen Kistendeckel. Als er sich nach dem Tische kehrte, durchschreckte er aufs neue. »Hoi«, rief er und erblickte ein Wesen, das sich aus dem Dunst geformt hatte, seltsam anzuschauen war und wie ein Pfropfen in der Flaschenöffnung steckte. Es machte schwimmende Bewegungen im Raum und schwebte infolgedessen langsam dahin und daher. Von Augenblick zu Augenblick wurde dieses Gespenst deutlicher. Es hatte ein richtiges Gesicht, das sich heftig bemühte, weiß auszusehen, doch den schwärzlichen Glanz der pockennarbigen Haut nicht verbergen konnte. Zu seiten der Stirn hatte es zwei daumengroße Wülste, wie ein großer Gelehrter, dessen Weisheit mit Macht aus der vorderen Schädeldecke herauswächst. Die Hände waren schwer mit Golde besäet. Nur die Füße fehlten. Sie waren einfach ein Schwanz, der im Flaschenhalse saß.

Himp stand regungslos, die Hände verkrampft auf der Brust, darinnen sein Herz wie eine Nähmaschine surrte. Unheimliche Angst kroch über ihn hin, und es war ihm, als sei durch ihn der Länge nach eine Lanze gesteckt, vom Scheitel bis auf die Sohle hindurch. Aus jeder Pore seines Leibes traten dicke Schweißtropfen. Und von der Stirn fielen sie so dicht, daß ihm die starren Augen schwammen und brannten. Er empfand den Geruch dieses Schweißes in der Nase. Es war der Geruch von richtigem Spiritus. Himp überkam ein rasendes Grausen, zumal das Wesen über dem Tisch ihn mit Augen der Leere und des Todes tiefer und tiefer ansah, indes sich der Mund seltsam verschob – zu einem Lächeln, das keine Seele sandte. Jeder Nerv des zernichteten Säufers schrie das Ende dieses regungslosen Verharrens herbei. Und endlich, endlich öffnete das Rauchgespenst sein verfluchtes Maul.

»Ich bin gekommen, dir zu helfen, Freund. Verdorrt sind fortan die Fäden auf deiner Zunge. Und sie wird glatt und schnell sein wie Oel, bis an das Ende deiner Tage und Nächte.«

Himp bewegte den Mund. Seine Zunge schoß glatt zwischen den Lippen hervor. Er hatte Mühe, sie im Gehege der Zähne zu halten und schwieg – nunmehr verwundert – weiter.

»So tu mir deinen Gegendienst, Bruder, und löse mein Gebein aus der engen Hülle.« – Aber Himp wußte nicht, wie dies zu beginnen sei und fuhr mit der Hand über seine tropfende Stirn.

»Berühre dieses Gefäß, in dem ich stehe, mit dem Willen, den stärkenden Trunk zu tun.« Der Geist wich weit zurück vom Tisch, um dem Zaudernden den Entschluß leichter zu machen. Der nahm sich ein Herz und trat an die dunstende Tafel. Und da es ihn gierte nach einem Schluck aus der vollen Flasche, griff er geschlossenen Auges danach und tat einen tiefen Zug. Als er die gläserne Hülle des Trunks wieder aus den Händen gestellt und die Augen geöffnet hatte, saß vor ihm im andern Stuhl das Wesen, jetzt mit leibhaftigen Beinen und Blicken.

»Das tat gut«, sagte der Teufel in Menschengestalt und feixte in sich hinein. Dann reckte und streckte er seine Glieder, deren Formen sich zuweilen festigten, jedoch zuweilen flüchtiger wurden.

»Nimm Platz, alter Freund«, wurde Himp angeredet. »Ich habe lange auf diesen Tag gewartet. Aber du warst noch nicht reif vordem, M–M–Menschen *unseres* Geschlechts zu sehen. Nun du vollkommen bist, erblickst du mich in deinem Gesicht. Ich bin gekommen, dich tief zu erleuchten.«

Himp war schwach geworden von der Anstrengung durch den Schreck. Er ließ sich zögernd auf eine Stuhlecke sinken, sein Gegenüber verstohlen im Auge behaltend. Ihm war so unbestimmt zumute, als müsse der Abend noch einen unerwarteten Abschluß nehmen.

»Bei dem Menschen, dem ein Geist besonderer Ordnung (gleich mir!) erscheint, knallen die Pfropfen nicht mehr, sondern entweichen lautlos aus den Hälsen der Flaschen«, lehrte der graue Besucher. »Und dein Körper, wenn er zu Ende gelebt hat im zersetzenden Leib, läßt keine Spur auf der Erde zurück, sondern wird flüchtig wie reiner Aether und zieht hin als ein Wölkchen in die Reiche der lagernden und der wogenden Nebel.«

Mit einem Gefühl nahender Ohnmacht sank Himp gegen die Stuhllehne. Die zitternden Augen gegen den Sprechenden gerichtet, stammelte und lallte er: »Nicht – nicht sterben . . . Noch nicht sterben! Noch nicht!!« –

»O nein«, kam die Entgegnung, mit ironischer Festigkeit. »Du lebst noch lange, lange. Mir ist sehr daran gelegen – jetzt, wo du mich siehst. Ich war schon oft hier – doch es mangelte dir an der rechten Reife.«

Himp ward mutiger zu Sinn bei diesem Zugeständnis auf lange Sicht. »Und gerade die Flasche, die ich bekomme – – unter tausenden, wie finden Sie die?«

»Wir Geister unserer Ordnung kennen die Flaschen, in die wir eingehen wollen. Wir kennen die Menschen, die einst unsere Pfropfen lösen werden. Ein Steuerruder sitzt unsichtbar an allen Gebinden und Gläsern. Wir wissen es stets, uns in die rechten Hände zu geben.«

»Hum! Hum!«, machte der Fischer.

»Uebrigens: Sie!«, fuhr der Besuch aus der Flasche fort. »Wir kannten uns schon einmal im Leben. Deshalb sollten wir uns duzen. Zumal: wir sind jetzt wirkliche Brüder im selben Geist. Und wenn deine Tage zu Ende sein werden, komme ich dich richtig holen. Neieiein – du sollst dich nicht wehren. Die kleine Aufmerksamkeit versteht sich von selbst. Die lasse ich mir dann keineswegs nehmen.«

»Wir – im Leben – gekannt –«, stotterte Himp und sah dem Biedermann gründlich ins Gesicht. Mund und Nase – hm, man konnte schließlich nicht wissen. So recht zu erinnern vermochte er sich ja nicht. Womöglich aber wollte ihn auch der Teufelsspuk narren. Es war doch dumm für einen erfahrenen Seemann, der dem Klabautermann ins grüne Auge gesehn, sich wie ein Schüler schüchtern zu lassen. Er ließ den Blick durchs Zimmer schweifen – vielleicht, daß er zum Wurf einen passenden Gegenstand erblickte. Der Unhold aber hatte in seine Gedanken gesehen. »Weshalb denn aufbegehren, Freund! Deine Gebärde ist unschön.«

Himp erhob sich. Er ergriff die Flasche und wog sie bedeutsam in der Hand. Dann trat er dicht an das Gegenüber heran und fragte mit eisiger Bestimmtheit, die Unheil kündete: »Wo haben Sie mich gekannt, Herr – oder Knecht!?«

Der dunkle Besuch wuchs aus seinem Sitz, ohne sich zu erheben. Ein bitteres, hämisches Lächeln glitt über seine Züge. Er reckte sich leise dem Ohr des Fischers entgegen und stach die Worte wie scharfe Messer ihm singend ins Herz: »Es war – – es war – – ein wenig seitwärts von Buenos Aires – – so ein ganz geringes Erlebnis auf Hieb und Stich.« Der näselnde Ton stand lange in der Luft . . . Auf dem gebeugten Schädel sah Himp eine klaffende Wunde, und die zurückgeschobene Kleidung entblößte einen harten Stich zwischen den Rippen der linken Brust. Der versoffene Kautschukhändler war es, mit den gestohlenen Goldbarren im Sack! Er war es wirklich, oder sein Geist, seine Erscheinung – oder was wußte Himp, was das war! Hieb und Stich hatten gesessen. Nach dreißig Jahren noch waren sie frisch und feucht. José Bracca war sein Name gewesen. Sein Blut hatte nach Schnaps gerochen. Himp erinnerte sich dessen ganz genau. Haha! Also mit Hieb- und Stichwunden turnten die

Menschen im Jenseits herum! Das war heiter. Himp schüttelte sich. Sein Entsetzen war völlig gewichen, auch sein Verwundern war im Abnehmen begriffen. Eine leise, bohrende Wut kroch ihm über den Rücken. Und ganz plötzlich, mit der vollen Wucht seiner Kraft, hieb er die Flasche aus seinen Händen gegen das dunstige Wesen. Dieses aber wich mit scharfer Pünktlichkeit genau die Spanne aus, die nötig war, um nicht getroffen zu werden. Himp erkannte im Augenblick, daß jede Gewalttätigkeit zwecklos verlaufen würde. Er sprang mit einem Satz zur Tür hinaus, sie hinter sich werfend, stand auf der Straße und rannte mit nie gehabter Hast die Fischergasse hinunter. Er sah nicht die kopfschüttelnden Menschen vor den Häuschen. Er sah nicht, wie vor seinen dröhnenden Schritten Kinder, Hunde und Katzen auseinanderstieben. Die Dämmerung kam tiefer. Er wünschte nur in eine blendende Lampe zu stieren.

»Und damit, lieber Bruder«, sagte José Bracca, der gelassen neben dem Stürmenden hinschritt, »damit öffne ich deinen Blick für die Umgebung *unserer* Welt.«

Himp verzagte vollends. Also der Teufel hetzte ihm nach. Somit konnte er ihm nicht entrinnen. Aber er vermochte es sich nicht zu versagen – und hieb plötzlich auf offener Straße mit beiden Fäusten auf Herrn José Bracca ein, fürchterliche Flüche aus seinem Munde werfend. José entwich und blieb, scheußlich grinsend, in einiger Entfernung stehen. Und als Himp niedergeschlagen zur Erde blickte, lähmte ihm doch ein nagendes Grausen jedes Glied. Er stand und starrte mit runden Augen in eine neue Umgebung. Kröten, Frösche und Schlangen bedeckten den Weg vor seinen Füßen, hüpften, ringelten und fraßen Insekten, die zu klebrigen Massen zusammengeballt waren. Zu Seiten des Weges standen baumhohe Nesseln und verwehrten jedes Enteilen nach der Seite. Himp straffte den Körper und nahm die Kraft seiner Augen zusammen. Da sah er die Landschaft und den José Bracca zittern, und die Umrisse der Häuser traten wieder hervor. Und ein Kreis Neugieriger umstand ihn ... Er ging ganz rasch in die Schnapsbude, die am Ende der Straße lag, goß Stärkung in seinen Leib und bohrte den Blick in das blendende Licht einer Lampe. – – –

Der Kampf war ungeheuer. Himp warf sich wie einen Spielball zwischen Wachsein und Trunkenheit hin und her. Die Hauptsache war ihm, daß er seine Augen dauernd auf ein Licht gerichtet hielt. Tagüber blickte er in die Sonne. Und wenn der Himmel bedeckt war, setzte er sich in eine dunkle Kammer seines Häuschens und starrte in den brennenden Docht der Lampe. Oft glückte es ihm so mehrere Tage lang das José-Gespenst *nicht* zu Gesicht zu bekommen. In ganz kurzer Zeit war er so abgemagert, daß seine Haut durchsichtig schien. Seine Kleider hingen ihm wie große Tücher um den Leib. In seinem Antlitz bekam er das Aussehen eines dämonischen Sehers, denn das viele Licht, das die Augen aufnahmen, strömten sie auch wieder in die Welt hinaus. Aber José bewachte immer eifriger die Schritte seines leidenden, gepeinigten Mörders. Er freute sich auf die Stunde des endlichen Eingehens dieses Entarteten. Und als diese Stunde gekommen war, geschah etwas Unerwartetes.

Es war mitten am Tage auf dem Trockenplatz. Mit der gewaltigen Kraft aller Höllen stürzten die schaurigen Gesichte noch einmal über Himp. Er sah entgeistert in das wogende Meer der abweltigen Begebnisse. Es brannte in ihm eine Sucht, in diesen Abgrund zu fallen, sich tragen, gleiten, wiegen zu lassen, und in den Schößen gleißender Königinnen den Kopf zu betten. Zu oft hatte er erkannt, daß dieses alles nur eine säuische Maskerade war. Aber er hütete sich vor scharfem Blick. Nur einmal selig Vergessen mochte sich über ihn breiten. Und der Geist aus der Flasche hob zum letzten Hinabstoß die Hände! Da – – – riß Himp den Kopf empor und erblickte himmelwärts ein leichtes Wölkchen. Auf ihm ruhte ein Kindlein mit Flügelchen an den Schultern. In dem Bruchteil einer Sekunde durchfuhr Himp ein niegehörter, doch seltsam bekannter Ton und erfüllte ihn mit unermeßlicher Seligkeit – – – so unerträglich heiß, daß er einen Schrei ausstieß, dessen Gräßlichkeit nie wieder vergessen wurde von allen, die ihn gehört hatten. Er hielt die Arme bittend nach oben gereckt. Rasende Angst zerklüftete sein hohles Gesicht. Dann stürzte er vornüber auf die Erde und rührte sich nicht.

Fischer und Frauen eilten herbei. Sie legten ihn auf den Rücken. Aus des Säufers Antlitz aber strahlte eine Verklärtheit, vor der sich das abergläubische Volk fromm entsetzte und sein Andenken als das eines Erlösten ehrte. Die Menschen brachten ihn in sein Haus. Aber dieses Haus brannte ab in derselben Nacht. Ein fremder Wanderer, der gerade vorüberging, drang durch den Qualm und rettete die Leiche. Und er nahm ein Tuch aus der Tasche und band die seitwärts liegenden Hände des Toten auf der Brust wie zum geschlossenen Gebet zusammen.

Blonde.

Die Geister der Väter rufen
hinweg die Seelen ihres Geschlechts, wenn sie sie einsam
erblicken im Weh. Ossian;
Temora IV

Nach den erregten Worten der alten Frau klapperten die Stricknadeln heftiger. Blonde starrte durch das geöffnete Fenster, ohne den betörenden Frühlingsabend zu sehen. Ihr Blick fiel gräßlich in ihre Brust, und die widerliche Klaue saß ihr schon wieder dicht unterm Kinn würgend an der Kehle.

»Mutter, du kannst deine Worte nie wieder gutmachen«, stöhnte Blonde.

»Hör' zu«, rief die Mutter. »Du bist deinem Gatten wieder entlaufen. Das ist er gewöhnt. Er fand dich, wie immer, hier. Er fuhr wieder nach Hause. »Jetzt ist sie verrückt geworden«, hat er gesagt. Ist es nicht wirklich so?! Geschieden wird nicht! Denn er ist Kantor. Bedenke das! Aber du sollst in eine Heilanstalt. Und dann wirst du gesund.« Die Nadeln klirrten durch die schwüle Stille, und draußen hinter den Bäumen und Häusern brachen sich mit leisem Rauschen die Wellen der Ostsee.

Blonde trat zurück ins Zimmer und blickte schmerzlich auf das Bild ihres Vaters. »Du allein würdest mich verstehen, alter Mann; aufgefressen im Grunde der See von den Fischen und Molchen, die vielleicht schon wieder durch unser eigenes Gedärm spaziert sind.«

»Mein Gott«, schrie die Mutter, warf die Arbeit hin und schlug sich die Hände gegen die Ohren.

»Zwei Aale sogen gierig an deinen Augenhöhlen und die Heere der Lampreten stießen hungrig gegen das blaue Fleisch.«

Die alte Frau weinte auf und wimmerte in sich hinein.

»Und die Knöchlein deiner geliebten Finger, die nie hart waren gegen Mensch und Tier, warfen die Wogen gegen den Strand, wo sie milchweiß bleichten und vielleicht das schöne Kind einer stillen

Mutter sie fand, um damit ein wenig zu spielen ... Ich tat das einmal als Kind auf dem Friedhof.«

Mit weiten Augen sah Blonde in das gutmütige Gesicht des Vaters. Entsetzt, voll Angst verließ die Mutter den kleinen Raum. »Sie ist verrückt – – verrückt geworden«, flüsterte sie immer wieder. »Was fang ich dann bloß an, o Gott!«

Blonde war aus dem Zimmer gegangen und stand vor der Tür des Fischerhäuschens, wo laue Abendwinde den Geruch von Fisch und jungen Blüten vorübertrugen. Sie aber achtete auf nichts, sondern griff ihr Leben mit magerer Hand zusammen und entblätterte es wie einen Strauß verdorrter Blüten, indes sie langsam Schritt vor Schritt setzte und sich weit am einsamen Strand verlor.

Nein – es war ihre Schuld nicht, daß sie Hasselborn, den blauäugigen, blonden, hellen nicht geheiratet hatte. Zur Liebe macht der Herrgott uns willenlos und sendet uns dann den Satan mit dem glühenden Prügel! Nicht mal geküßt hat Hasselborn, der verwegene Schiffer, seine Blonde. So heilig rein war sie ihm. Nur Hand in Hand waren die jungen Menschen manchmal durch die Dämmerung gegangen. Das war ihnen schon Himmel genug und übergenug. Aber der Herr Kantor war ein ernster, würdiger Mann. Und so war die Tochter des Fischers Frau Kantorin geworden, war eine stattliche Dame, die viel in all den Büchern lesen konnte und kraft ihres beweglichen Hirns alles Gelesene schneller und tiefer und anders begriff, als diejenigen Menschen, für welche solche Bücher bestimmt schienen. Kinder hatte sie nicht. Dafür bekam sie oftmals Zustände und Visionen. Dabei sah sie einen herrlichen fremden Jüngling, der sich mit schmerzlichem Lächeln zu ihr neigte. Gegen solche Nebenbuhlerschaft war der Kantor machtlos und zweifelte zum ersten Male an der Zurechnungsfähigkeit seiner Frau. – Deshalb nahm er eine Haustochter, eine Waise mit Slawengesicht, schwarzen Haaren und stechenden, braunen Augen ins Haus. Sie war im letzten Kriege von Soldaten in einer zerstörten und verlassenen Ortschaft gefunden worden. Man gab ihr einen neuen Namen und ließ sie irgendwo erziehen. Und war es nicht seltsam, wie dieser Name in beängstigendem Gegensatz zu ihrem Charakter stand? Denn im Mai hatte man sie gefunden. Und so hieß sie also Findchen Mai! Sie trat in die Stube, sah und haßte Frau Blonde mit ihrem ersten Blick, während ihre Augen entsetzlich verderbt auf den Kantor blickten. In diesem Augenblick geschah es, daß die Frau ohnmächtig zu Boden sank, indes ihr am geöffneten Fenster der herrliche, fremde Jüngling zurief: »Sei stark.« Und es ist niemand am Fenster gewesen, sagte der Mann. Er wußte auch nichts von den Blicken der Haustochter; er war zu sehr beschäftigt mit Fugen und Kantaten, als daß er solches hätte begreifen und ausdeuten können. – –

Blonde stand auf der Vordüne und blickte ins Abendrot, das sich langsam nordwärts um den Horizont schob. Sie nahm eine Handvoll Sand und ließ ihn durch die Finger gleiten. Hinterm Ort wurde noch ein Boot heraufgezogen. Rückwärts im Walde balzte ein Hahn auf dem Zuge . . .

So war es gewesen . . . Für Blonde war von diesem Tage an im Kantorhause alles verändert. Langsam geschah die Veränderung, wie der leise rieselnde Sand der wandernden Dünen. Wer immer darüber hinging, merkte es nicht, weil er mitging. Aber Blonde fühlte es wohl, denn sie trug in ihrer Brust den Anker des ewigen Gleichgewichts. Oh – nicht, daß der Mann rücksichtslos geworden wäre. Durchaus nicht! Er war ein rechtschaffener Mensch! Er fand sie im Gegenteil plötzlich begehrenswerter denn je. Er wurde dauernd leidenschaftlicher zu seiner Frau Blonde. Er liebte sie heißer und inniger, wie man so sagt. Und sie hätte unter dieser feurigen Liebe erglühen, erblühen müssen. Niemals hat der Kantor Schlechtes gefühlt und empfunden der Haustochter gegenüber. Er liebte wahrhaftig Frau Blonde vor Gott und den Menschen. Auch nicht der Schatten eines leisen Makels fällt auf diese gutmütige, aber behäbige und ahnungslose Seele.

Zunächst genügte es Blonde, wenn Findchen Mai im Zimmer gewesen war, daß sie das Fenster öffnete und frische Luft hereinließ. Dann aber wurde die Lüftung unzulänglich. Die Gegenstände und Dinge in den Räumen bekamen eine fremde Fühlung, die Blonde als unrein empfand. Und wenn sie längere Zeit in der Nähe des sich rasch und üppig entwickelnden Mädchens sitzen mußte, so bei Mahlzeiten, überfiel sie Frieren und Frösteln, das erst langsam weichen wollte, wenn sie ein dickes Wolltuch übernahm. Unruhiges Tasten kam in die Menschen des Hauses, die vordem ohne niedrige

Leidenschaften zusammengelebt hatten. Die Magd, der Knecht, der Lehrer, die Lehrerin – alle waren zunächst nur [durch] ein kaum spürbares Grau verändert, das jedoch rasch wuchs und alles mit unerklärlichen Zentnern belastete. Der freie Blick von Auge zu Auge war gebrochen. Hände zuckten zurück, wie vom elektrischen Schlag getroffen, wenn sie unversehens eine andere Hand, einen anderen Arm bei Tisch berührten. Niemand wußte, wovon er reden sollte, während doch früher zwanglos des Plauderns Strom sich durch die Nachmittage und Abende ergossen hatte. Und dann begannen die schrecklichen Nächte mit unaussprechlichen Träumen und der Furcht vor der sich immer heftiger gebärdenden Leidenschaft ihres Mannes.

Und plötzlich – eines Nachts – begann das Schreien. Blonde war in einen tiefen Schlaf gesunken und lebte in einem Traum, wie das Tagleben nicht wirkungsvoller, gestaltungsreicher sein konnte. Festgeschmiedet auf einem Steinblock lag der Kantor. Schratte und Faune kitzelten ihn mit Ruten bis zu naher Ohnmacht, ließen ihn verschnaufen, um das Spiel von neuem zu beginnen. Blonde rang verzweifelt mit einem Wesen, das sie daran hinderte, ihrem Manne zu helfen. Glatt war dieses Wesen und stach sie mit den Augen furchtbar an. Und als sie mit raschem Griff die Kehle des Wesens zu fassen bekam, erkannte Blonde die Haustochter und begann so unerhört zu schreien, daß ihr Ueberbewußtsein alle Schranken durchbrach, in den schlummernden Körper rann, der mit gräßlichen Rufen das Haus erfüllte. Alles stürzte herbei. Auch Findchen. Und als die weinende Frau das Mädchen erblickte, fuhr sie mit allen Zeichen des Entsetzens in die Ecke des Zimmers und schrie nur immer: »Nehmt sie fort! Nehmt sie fort! Das ist sie ja!« – Der Kantor war bleich und zitterte sehr. Schwere Unruhe lag im Hause, die kein freundliches Wort und kein Choral vertreiben konnte.

Seit jener Nacht hatte Blonde ständig das Gefühl, von der Haustochter gewürgt zu werden. Die schöne Frau wurde bleich und schmal, und die Kolonnen der Lecithine und Vitamine und Malze und Salze marschierten ins Haus. Auch ein Professor aus der Stadt kam, sagte nichts, fuhr ab und schrieb dem Kantor einen kurzen Brief, den niemand zu sehen bekam. Daß Blonde immer wieder die Entfernung Findchen Mais verlangte, war ein offenes Zeichen von Gestörtheit. Denn dieses reizende Mädchen war das Entzücken des

Ortes. Sie war still, in sich gekehrt, bescheiden, sittsam. Nie konnte sie mit einem Manne sprechen, ohne tief zu erröten. Und doch lag irgendwo in ihrem Gesicht ein ganz bestimmter Zug, der etwas von einer sehr verborgenen Leidenschaft verraten wollte. Oft kam es vor, daß, wenn Blonde in einem Winkel des Gartens saß, sie sich plötzlich gewürgt fühlte bis zum Ersticken. Dann blickte sie rasch mit Instinkt nach irgendeinem Gebüsch, einer Hausecke – und war es zufrieden, wenn sie die glühenden Kohlenaugen des schwarz-haarigen Mädchens in tiefstem Haß auf sich gerichtet sah. Dreimal war sie ihrem Manne entwichen und ins entfernte Fischerdorf ge-laufen zu ihrer Mutter, die den guten Kantor gern mochte. Er hatte Blonde mit einer wahren, besorgten Seelsorgerruhe wieder heimge-führt in das giftdurchsättigte Haus. Und nach dieser Nacht ge-peitschter Leidenschaft hatte die Frau alles durchbrochen und es versucht, die elende Hexe mit kochendem Wasser zu verbrühen. Die Haustochter hatte nur wenige Brandwunden davongetragen. Der Kantor nahm das Mädchen weinend auf seine Arme und pfleg-te sein. Die Orts- und Hausbewohner nahmen eine verächtliche, zum Teil drohende Haltung gegen Frau Blonde ein. Sie war gegan-gen und wußte, daß sie nie wieder dorthin zurückkehren würde. Die Hexe hatte das halbe Ziel erreicht. Und vielleicht auch schon das ganze ...

Die Schatten der Dämmerung sanken tiefer über Meer und Strand. Blonde, die müde war, setzte sich auf die Düne und horchte hinein in das eintönige Schälen des bleigrauen Wassers. Einsam flog eine Möwe vorbei und sandte einen Ruf, und sehr niedrig zogen ein paar singende Schwäne auf nördlicher Wanderschaft dahin.

Verloren kam ein Mensch den Strand daher. Es war ein Mann. Den schwimmenden Blick geschärft, erkannte Blonde: Hasselborn! Ihr Herz ging rasch gegen den Rippenkorb. Es war doch seltsam: gerade jetzt er! Doch sie ließ dies falsche Erstaunen fallen, da die Ereignisse des Lebens so sehr viel unwahrscheinlicher ineinander greifen, als in den langweiligen Büchern von Dichtern. Und dann ward sie enttäuscht. Der Mann war nicht der Geliebte ihrer jungen Jahre! Wie sollte er auch! Nicht einmal ähnlich sah er ihm! Er ging vorüber. Und Blonde sank in sich zusammen ... Wenn jetzt ein Boot anstieße – und sie fortnähme! So ein Boot ohne Besatzung, das von selber über die See fährt, von den starken Geistern Ertrunkener geführt! Doch es kam kein Boot. Nur von ferne kam wieder ein Mensch den Strand daher . . . Ein Mann war es wieder . . . Einer von den einsamen Männern, die am Abend immer wieder stehenbleiben und hinausblicken auf das Meer . . . Und wieder war es Hasselborn! Und ihr Herz ging rasch gegen den Rippenkorb. Und es blieb so rasch und drängte sogar hinauf zum Halse. Es war er doch! Es war er *doch!!* Er ging näher heran, näher! Er blieb stehen und sah sie an. Sie saß so regungslos wie aus Stein:

»Blonde«, rann ein Wort zaghaft daher.

Sie zuckte zusammen, als hätte sie ein Schwert durchbohrt. Und auch der Mann erschrak. Er sah, daß sie unvollkommen bekleidet war und daß sie keine richtigen Schuhe an den Füßen hatte. Und sie schaute ihm so weh ins hartgewordene, braune Gesicht; und plötzlich begann sie zu weinen – ganz heftig, daß ihr schwacher Körper geschüttelt wurde. Und laut, schneidend laut weinte sie, wie ein Mensch vielleicht nur ein einziges Mal im Leben so tief und alles niederbrechend weinen kann. War es das Weinen, dem der Tod folgt, oder war es das Weinen, welches das endliche Sichbescheiden bringt über die Kümmernisse des nirgends vollkommenen Daseins? . . .

Hasselborn hatte sich neben sie gesetzt und dachte nur immer: »Ausweinen lassen. Tüchtig ausweinen lassen. Ja, ja! Das Leben war gar nicht so einfach!« Das hatte er inzwischen auf fünf Erdteilen und zwanzig Meeren erfahren. Er hatte die Kleidung eines gehobenen Schiffsmannes an, glatte Stiefel, ein weiches Hemd und eine Schirmmütze mit dem blanken Firmenzeichen einer ausländischen Reederei. So zaghaft wie in den jungen Jahren war er nicht mehr. Blondes schmale Hand ihr vom blassen, nassen Gesicht ziehend, sagte er. »Weine jetzt nicht mehr und schweige ein Weilchen.«

Sie stöhnte ein paarmal mit ihrer ganzen Lunge auf und schwieg teilnahmslos. So teilnahmslos auch blieb sie, als er ihre Hand sich an die Wange drückte – und nur als er diese selbe Hand leicht küßte, erschauerte sie schwach. Er sprach ganz leise und ruhig von seinen Fahrten und Abenteuern, wie man zu einem Kinde spricht, das krank ist oder sich nächtens fürchtet. Und langsam begann es sich in der Seele der verstörten Frau zu ordnen. Sie mußte zuhören. Dinge und Ansichten fingen an sich in ihr zu regen. Sie blickte den

Geliebten ihrer Jugend an. Sie lächelte manchmal, und ein unbe-
wußtes Vergessen breitete seine wohltuenden Schleier über das
jammervolle Geschick. Seine sanfte, heitere Rede floß ihr mild ins
Herz. Kunde von fremden Menschen, Meeren und Ländern entfernte sie immer mehr von der Gegenwart. Und nach einer Stunde, als
auch sie leise begann Sätze zu formen, war es ihr, als ob sie von
einem Leben und Leiden spräche, das ihr nur bedingt angehöre.
Wind hatte sich gehoben, und die Brandung überdröhnte Frau
Blondes schwächliche Stimme. Sie gingen hinter die Vordüne, wo es
ganz still war, und sie sprachen tiefer, inniger miteinander, ohne zu
wissen und zu fragen nach Zeit, Umstand und Ort. Heiß rührte es
sich in der Seele des jungen Seemannes bei ihren Worten. Er ver-
wünschte es, in Europa zu sein und diesen schweren Fall nicht in
irgendeinem fernen Winkel der Erde persönlich von Mensch zu
Mensch austragen zu können. Er hatte hier keine Rechte und keine
Handlungsmöglichkeit. Diese Frau war Eigentum ihres Mannes.
Eine ganze Ortschaft sagte gegen sie aus. Man würde sie einsperren.
Ein schrecklicher Weg, der dem Weibe bevorstand. Vielleicht hatte
sie ihn noch gar nicht durchdacht. Rechtsgefühl und Ohnmacht
trieben ihm das Blut ins Gesicht. Stürmende Gedanken suchten
hundert Auswege und fanden keinen.

»Da so immer weiter hinausfahren aufs offene Meer«, hatte sie
gesagt. Der Satz blieb ihm nebenher im Gehirn hängen. Er wieder-
holte ihn für sich mehrmals, ohne an seinen Inhalt zu denken. Aber
ganz plötzlich blitzte er ihm im Bewußtsein auf, und er wollte es
versuchen, Blonde vorsichtig darauf vorzubereiten. Er würde schon
am Morgen mit dem Motorkutter nach dem Hafen fahren, wo sein
Schiff auf ihn wartete, und es würde ihm leicht sein, die Jugendge-
liebte bis zur Abfahrt nach Uebersee dort zu verstauen. Seeleute
haben für Gerechtigkeit ein besonders ausgeprägtes Gefühl. – Blondes Durchbruch würde für die ganze Besatzung ein Triumph sein.
Es war dann ja gleichgültig, in welchem Erdteil, an welcher Küste er
Blonde ein kleines Heim schaffen würde – es kam Hasselborn, wie
allen Seeleuten, nicht so genau auf Menschen und Umgebungen an.
Das einzig Richtige zu Ende zu führen war die Hauptsache – durch
Sturm und Sturzsee . . . Bei seiner selbstverständlichen festen Spra-
che, bei der unerschütterlichen Sicherheit seines straffen Wesens
fühlte sich die unglückliche Frau zum ersten Male seit dem Tode

ihres Vaters in der Nähe dieses Mannes sicher und geborgen. Alle unreinen Kräfte waren von ihr gewichen. Sie atmete leicht und frei und konnte auch ein wenig lachen. Plötzlich warf sie die Arme empor und reckte sich, und als sie sie wieder sinken ließ, schrie sie erschreckt auf und fuhr mit der Hand tiefer in den weichen Sand. »Mir fiel der Ring vom Finger«, rief sie schnell. »Er war so groß geworden« ... Sie suchten beide voll Eifer. Und Hasselborn zündete kleine Pechhölzer an; denn es war dunkel geworden und die Sternenaugen hatten sich längst eins nach dem andern aufgetan. Aber der Ring, ihr Trauring, war nicht mehr zu finden. Sie wurde wie von einer Beklemmung über ein unangenehmes, wehes Ereignis angerührt; doch wußte sie ihr Empfinden nicht zu deuten und erkannte nicht die Botschaft der Geister. Ihr wurde unendlich weh zu Mut. Und aus diesem Gefühl heraus verströmte sie eine Stimmung, welcher Männer den Einsatz ihrer großen Kraft entgegenbringen, wenn es ihnen an überzeugenden Worten des Trostes mangelt.

»Wir zwei gehören fortan zusammen, Blonde«, sagte Hasselborn und umfing ihren schmalen, gebrechlichen, entkräfteten Leib. »Niemand soll dir mehr ans Blut.« Sie war viel zu schwach, den Stürmenden abzuwehren. Und diesem Manne war sie heilig. –

Die Nacht duftete lau. In der Ferne ging das erste Lenzgewitter vorüber. Es stand nicht zu befürchten, daß es herüberkam. Es trieb hinaus auf See und konnte wohl für ein paar Stunden ein aufgeregtes Meer verursachen. Nötigenfalls wollte er einen Wagen mieten, der sie am Morgen nach dem Hafen bringen sollte ... In manchem Augenblick, wenn Blonde den letzten Tag und diese Nacht überdachte, erschrak sie vor der Fremdheit aller Geschehnisse, die auf sie zugekommen waren. Zuweilen stiegen bleiche Zweifel in ihr auf, ob sie sie selber sei. Es war doch fremder Odem und fremdes Nervensystem, was da in den Kreislauf ihres Körperatmens getreten war. Dann aber fühlte sie wieder, daß sie sich kühnem Handeln unterzuordnen hätte. Der Rhythmus, in den sie geraten war, fiel unter das Gesetz der Kraft ...

Als vom Dorf her die ersten Hähne krähten, führte Hasselborn die Geliebte auf die Düne und zeigte ihr eine Landzunge in einiger Entfernung, wo er Blonde in drei bis vier Stunden abholen wollte. Der Möglichkeit eines schweren Seeganges würde er dadurch die

Spitze bieten, daß er um dieselbe Zeit auf dem die Landzunge berührenden Wege mit einem Fuhrwerk erscheinen könnte. Bis dahin sollte sich Blonde im Gebüsch aufhalten. Zur Stärkung gegen den kühlen Morgen ließ er ihr Tabak zurück. Seine Wolljacke hatte er ihr bereits übergezogen. Für alles andere wollte er inzwischen sorgen. Er war sehr fest in seinem Unterfangen und verließ das bedauernswerte Weib so rasch, daß es ihr schon wieder weh tat... Blonde fühlte sich beklommen, so zwischen den Büschen ihrem neuen Ziele entgegenwandern zu müssen. Sie fühlte sich unfrei in diesem halben Versteck, aus dem sie Rehe scheuchte, in dem sie die Vöglein störte. Deshalb ging sie über den Sand an das Meerufer. Das Nachtgewitter mochte sich draußen entladen haben. Die Wogen, die sich gegen den Strand wälzten, zeigten weiße Schaumkronen; sie gingen weit ausholend in langen Abständen hintereinander her. Die Brandung rollte böse. Noch unterm Himmel segelten schnelle Wolken dicht bei dicht und viel zerklüftet. Die ganze Landschaft sah so seltsam hungrig aus, denn der dunkle Uferwald schien all die Wolken Stück für Stück in sich hineinzufressen.

Wieder zog der Wind etwas an. Da sah Blonde eine bleigraue Wand fern im Wasser stehen, die sich rasch und düster näherwälzte. Das war Seenebel; also würde Hasselborn mit dem Fuhrwerk kommen.

Blonde hielt inne im Schreiten und blickte mit breiter Stirn gegen die herandrängende Wand: »Hasselborn. Der Kantor. Findchen Mai. Die Mutter... Herrgott, das sind doch alles Menschen, Menschen aus Fleisch und Blut!« Etwas in ihr entsetzte sich über die Weite des Weges, den ihre Seele in abzuzählenden Stunden zurückgelegt hatte. Und sie hatte einen neuen Mann; vielleicht und sehr wahrscheinlich *den* Mann ihres verstörten Lebens! Ihr Herz gestattete ihr eine große Geste in die Ferne, aber vor der Unausdeutbarkeit dieser Geste sank sie erschöpft zusammen. Denn sie fühlte, daß ihr die Grundlage zu solcher Geste nicht eignete. Sie lag auf den Knien und fiel auf die Seite, und während sie sich mit allen übriggebliebenen Kräften gegen einen heranbrausenden Schlaf sträubte, ritten die stolzen Schwadronen der Nebelrosse in grauer Kavalkade über sie hin. Ihre Zahl war Legion und unabsehbar. Die wilden Mähnen flogen, und die vollen Schweife peitschten die schlanken Flanken. Fast war es Blonde, als ob sie geschlafen hätte und noch ein wenig schliefe. Es waren unaussprechliche Kräfte in ihr wach geworden. Sie konnte sich erheben und dichter herantreten ans Meer. Ihre Augen waren groß und steif in die wogende Welt gerichtet. Sie erkannte ganz deutlich Linien und Gestalten – vielleicht, daß das volle Maß ihres Leides ihr plötzlich die irdische Binde löste zu höherer Schau, vielleicht auch, daß sich ihr Geist zerbrochen hatte und das gesprungene Mosaik ihres Hirns umeinander wirbelte.

Ein Bernsteinsucher hat ihr im Rücken gestanden und gehört, was sie hinausrief gegen das stürmende Heer der Nebel. Ihr volles, flachsblondes Haar hatte sich gelöst und flatterte seitwärts im Winde. Die Arme hielt sie stürmisch gebreitet, und die Hände gleich geöffneten Schalen emporgehoben. In ihrer Stimme lag Donner, Klage, Weinen und Jauchzen. Sie donnerte gegen die Teufel, die in Menschenleibern hausten und die Seelen schwächlicher Geschlechter verheerten. Sie klagte um einen Geliebten, der hinaus war in der Welt, einsam das Glück zu suchen. Der Traum der Jugend war verrauscht, der Geliebte kam wieder: ein starker Mann, aber ach! ein kleiner, kleiner Geist. Und sie weinte um alle Verlorenen auf dieser Erde, die wie Staub im Sturm dahinfegten in ihrer Zeit, im Wasser ersoffen oder zur Erde gepreßt wurden, um jahrtausendelang nichts weiter zu sein als graue Erde. Aber sie jauchzte über die geöffneten Tore des Himmina und neigte das Haupt, um in Demut über die Schwellen zu schreiten, empfangen von einem herrlichen, fremden Jüngling, den sie nun zum dritten Male erblickte. –

Ein Mensch aus den Wolken beugte sich her – der Bernsteinfischer erzählt es – und hob sie auf und stützte sie. Der Mensch aber, so sagte der Mann, sei der Schatten ihres ertrunkenen Vaters gewesen. Und sie schritt barfüßig hinaus auf das geklärte Meer. Die Wogen glätteten sich vor ihrem Schritt. Und als sie die Arme breitete, geschah ein Gurgeln, Wispern und Schäumen in den bewegten Wellen. Aber Frau Blonde sei nicht in den Abgrund gegangen, sondern nach oben, nach oben! – Strümpfe und Pantoffeln, beides zweifelhafter Natur, war alles, was von der irdischen Existenz Frau Blondes gefunden wurde. –

Doch der Bernsteinsucher war ein alter Seemann, der in seinem Leben viel gesehen und gelogen hat. Er hieß Himp und hielt es mit jener Art Geister, die aus Flaschenhälsen steigen und sich über Gehirne breiten. Kann man ihm glauben? –

Die Mondscheinlerche.

Der Nachtwächter Purpas starb erst im vergangenen Jahre. Er hat ein poetisches Gemüt gehabt und sehr viele Gedichte geschrieben, von denen keins veröffentlicht ist, woran ihm, Gott sei gelobt, niemals etwas gelegen war. Dann nämlich wäre er keineswegs so glücklich gewesen. Und darauf allein kommt es im Menschenleben ja an.

Ich habe verschiedene von den Gedichten des Nachtwächters Purpas gelesen, und ich kann sagen, es wurde mir schauerlich zumute. Es war eine gewaltige Peinlichkeit, sich mit solchen weichempfundenen Gefühlsausbrüchen bekannt zu machen. Außer Zweifel steht jedoch, daß die Empfindungen dieses tüchtigen Mannes und gräßlichen Dichters naturwärmer, aufrichtiger, lebensnäher waren als die der meisten seiner lautgenannten Brüder in Apoll. Ihm fehlte also nur – wenn man so sagen darf – die Fähigkeit, des Wortes schwungvoll geworfene Gabe einzufangen, zu heftig ausgestürzte Leidenschaften abzutönen, Gefühle, die zu unbeherrscht die zarten Regungen des Dichtenden offenbaren, mit kalter Schere zu beschneiden.

Wie sehr Nachtwächter Purpas Poet war, ist in einigen Sätzen leicht erzählt. Als es ans Sterben ging, schickte die Gemeinde den Doktor Köppelhof zu dem einsamen Mann. Der Doktor Köppelhof, ein erfahrener Weißbart, stellte schlimme Dinge im Innern des Hochbetagten fest, hielt es aber für zu spät, noch eine Überführung in eine Klinik anzuordnen, wovon der Purpas auch durchaus nichts wissen wollte.

»Lassen Sie man, Herr Doktor«, sagte der Purpas mit gedehnter Stimme. »Ich weiß, daß der Herrgott dort oben einen guten Nachtwächter braucht. Da werd' ich doch nicht nein sagen. Soviel aber kann ich versichern: ich werd', komm', was da will, nicht eher abmarschieren, bis ich noch einmal die Mondscheinlerche gehört hab'. Bis dahin wird pünktlich der Dienst versorgt.«

Der Nachtwächter sah dem Gesicht des Arztes an, daß er ihm nicht mehr so lange Zeit gab, auch daß er zweifelte, daß er den Wächterdienst weiter würde versehen können.

»Sie sind doch lange pensioniert, lieber Purpas, und wissen doch, daß kein neuer Wächter wieder eingestellt wird. Die Zeiten sind vorbei. Was wollen Sie sich da unnütz quälen.« Der Doktor sprach, um zu sprechen.

Der Nachtwächter Purpas aber versah seinen Dienst, um den ihn niemand bat, ging seine vielen nächtlichen Runden wie seit je zu ganz unregelmäßigen Stunden (damit das Diebsvolk sich nicht womöglich gewöhnt!), nahm sehr genau seine nun schon seit Jahren freiwillig geübte Pflicht wahr, den Schlummer der Menschen, die ihm ein Leben lang liebgeworden waren, zu schützen. Bis zuletzt sollte niemand die sichere Ruhe der Nacht entbehren.

Es war hoch im Frühjahr. Purpas ging in seinem zerschlissenen Uniformmantel, das Nachthorn um den Hals gehängt und die Hellebarde in der Faust, durch die gestirnten Nächte. Der Doktor war außer sich, wenn er nächtens von seinen Studierbüchern aufsah und vorm Fenster die Schritte des Todkranken vorüberschlürfen hörte.

»Die Mondscheinlerche hat noch immer nicht geklettert dies Jahr«, bedeutete Purpas. »Es wird heuer spät. Früher aber geh' ich nicht . . .«

Denn das waren die großen Nächte in den langen Jahren seines Wächterlebens gewesen, wenn der volle Mond ringsher die weite Landschaft in sein Licht nahm, und um Mitternacht, betört vom reifen Glanz des Gestirns, die Lerchen im Feld nachtjubelnd anfingen gen Himmel zu steigen. Sonst schwiegen die Stimmen alle. Nur ab und zu sang eine Unke ihr silbernes, klagendes Lied, und ein Zaunkönig warf zuweilen rasch seine Kadenz dazwischen.

Die Mägde im Dorf wußten den Purpas in solchen Zeiten weidlich auszunutzen. Er ließ es gern geschehen. Er wußte um den Sponsierer einer jeden, warnte, sprach zu. Sein Wort war ein sicherer Weggenosse für die Zukunft. Die Mägde brauchten sich dann um die nächtlichen Wäschebleichen nicht zu kümmern. Und niemals nahm er etwas, was die Menschen Trinkgeld nannten. Wann er schlief? Gott weiß! Er war Tag und Nacht auf den Beinen. Es konnte sich keiner rühmen, ihn jemals schlafen gesehen zu haben. »Der Wächter schläft nicht!« Das war sein Wahlspruch . . .

In den Nächten dieses Frühlings, als er todkrank war, wie der Doktor sich ausdrückte, hielt er viel Selbstgespräche in das schweigende Dunkel hinein.

»Herrgott! Ich will ja recht bald zu dir kommen. Laß mich aber doch bloß noch einmal die Mondscheinlerche hören! Dort bei dir gibt es viel andres zu hören. Aber die Mondscheinlerche doch nicht... Du brauchst mich sehr? – Na... na... na! Nu... schenk mir bloß noch das bißchen Zeit, bis ich die Mondscheinlerche hör. Kommt vielleicht ja doch nicht darauf an. Ein paar Nächte bloß noch! Ein paar Nächtchen bloß! Es ist ja noch immer so sanft bewölkt!«

Und dann sagte er wohl den einen oder andern Vers vor sich hin – nicht begeistert, sondern nur memorierend – den er einmal früher über die Mondscheinlerche aufgeschrieben hatte, und den er gründlich auswendig wußte. Weiß der Himmel! Die Verschen kamen ihm jetzt so schal vor, konnten ihn gar nicht mehr begeistern wie ehemals.

Muß eben alles verlassen werden. Kommt nicht drauf an, dachte er.

Dann kam eine Nacht! Gottsdonner! Das war eine Nacht! Er konnte sich nicht besinnen, solch eine Frühlingsnacht mit Vollmond erlebt zu haben! Ganz fern im Busch, wo der Fluß war, hämmerten wie toll die Nachtigallen. Die Unken in den Gräben nahmen die unterschiedlichsten Tonlagen an wie verrückt. Es war ein gewaltiges Unkenläuten, das ganz tief in die Seele griff.

Als die Glocke zwölf geschlagen hatte, begannen wahrhaftig zum erstenmal im Jahr die Mondscheinlerchen zu trillern, eine nach der andern, frisch und herrlich in der weihevollen Nacht, als habe die ganze Schöpfung plötzlich einen besonderen Antrieb erfahren. Die Sterne waren im milchigen Zittern und schickten rieselige Fäden nieder auf die alte Erde. Ganz durchsichtig lagen Feld, Baum und Gebüsch. Und die Umrisse von Häusern, Ställen und Scheunen hoben sich wie langgepflegte Denkmäler höher und höher in den dämmerig verklärten Raum. Meilenweither trug sich der Duft der aufgebrochenen Äcker. Und stilles Gesäusel von Baumwipfeln legte sich drüber hin.

Purpas stand stumm in der verklärten Nacht. Noch nie war er so zerflossen gewesen wie nun. Den ewigen Schreibstift hielt die Rechte verkrampft. Er spürte nur das Wogen unsagbarer Gefühle in seinem ganzen Körper. So herrlich vermochte Gott einen Menschen zu segnen!

Um halb eins war alles zu Ende. Er rammte da, wo er stand, seinen Spieß in die Erde, wandte sich, schritt heimwärts. Beim Doktor klopfte er mit der Faust ans Fenster.

»Doktor! Die Mondscheinlerche hat gesungen . . . wie noch nie!«

Vor der Tür seiner Hütte hob er das Nachthorn zum Mund. Wie in alten Tagen blies er einen beruhigenden Ton hinein und hinaus: Schlaft sicher! Der Wächter schläft nicht! – – –

Zwei Stunden später hatte er sich seinem Herrgott zur Verfügung gestellt.

Ein Hasenmord.

Es hatte ihm noch niemand gesagt: du sollst kein Tier töten. Und doch war er schon zehn Jahre alt, lebte mitten in Europa, besuchte eine große Schule. Das fünfte Gebot »Du sollst nicht töten« hatte man ihm nur in bezug auf das Töten von Menschen ausgedeutet. Denn selbst Luther hatte gesagt, daß, wenn der Herrgott große rheinische Hechte wachsen ließe, man dieselben auch essen dürfe. Und Walters Vater war, wie bis an sein letztes Lebensjahrzehnt Tolstoi, ein leidenschaftlicher Jägersmann. Mitzugehen auf Jagd, herumzustreifen durch Wald und Feld, war durchaus im Sinne des jungen Walter, wenngleich ihm eine – »nervöse« Schwäche diese Streifzüge in den Ferien ein wenig verbitterte. Zumal: er war gar nicht nervös. Aber so ein Schuß, aus nächster Nähe abgefeuert – auch etwas entfernter abgefeuert –, war für ihn das Unerträglichste, was es auf Erden gab. Und solch ein unvermuteter Schuß, den sein Vater einmal dicht hinter Walter abfeuerte, hatte den Erfolg, daß der Knabe vor Schreck zu Boden stürzte, d. h. er setzte sich, so wie er war, mit Rucksack und Tasche glatt in das Gras. Besonders gräßlich aber war ihm das Scheibenschießen, wenn er am Schießstand die Gewehre halten mußte. Ein Schütze stand und zielte, Walter verharrte hinter ihm, und im Kreise warteten wortlos die anderen Schützen. Und wie so lange gezielt wurde! Es war nicht auszuhalten! Und noch immer zielt der Mann! Und gerade dann, stets dann fiel der Schuß, wenn es Walter nicht vermutet hatte. Er versuchte es genau so einzurichten, daß er den Atem ausstieß, wenn die Büchse krachte. Aber wie das so ist: der Schuß ging ausgerechnet dann los, wenn Walter gerade rasch und tief Atem holte. Rauchloses Pulver gab es, aber geräuschloses hatte niemand erfunden.

Ansonsten bereitete ihm die Jagd eitel Vergnügen. Er war froh – wenn die Schrotladungen in ein Rebhuhnvolk preschten – viele Vögel steil in das Gras stürzen zu sehen. Und er sah gespannt zu, wie Meister Lampe, in der Schnelligkeit des Laufs vom Tode eingeholt, sich mehrmals rollend überschlug und der gute Hund »Packan« die treffliche Beute freudig apportierte. Es gab vielerlei Wild in den Jagdgründen seines Vaters; Wildgänse, Enten, Füchse, Waldschnepfen, Haselhühner. Und auch der Rehbock bellte in Vollmondnächten aus den hohen Roggenfeldern.

Alle Menschen, die er kannte, hatten Freude an Jagden. Und auch den zuschauenden Bauern machten die guten Schüsse viel Spaß. So geschah es, daß in die Seele des Knaben eine Verherrlichung der Jagd gesenkt wurde. Und den ausgezeichneten Jäger feierte man als Helden. Zwar war Walter ein eifriger Leser der Tierschutzkalender. Doch da erlas er nur, daß man Tiere nicht quälen dürfe. Und weder der Vater noch der Knabe hatten je ein Tier gequält. Ja – als Walter einmal von einem rohen Manne eine gefangene Maus zu Tode quälen sah, bekam er Wein- und Schreikrämpfe und mußte sich übergeben!

Einmal im Herbst ward eine gemeinsame Jagd veranstaltet, die sich über mehrere Gemarkungen erstreckte. Walter führte einen mit ruhigen Pferden bespannten Wagen hinterdrein und sammelte die Opfer der Schlacht. In der Nähe eines ausgedehnten Kartoffelfeldes, an dessen anderem Ende Landleute beschäftigt waren, gab es wieder Beute. Walter ergriff einen der daliegenden Hasen an den Hinterläufen, als sich das Tier plötzlich in Bewegung setzte, um das Weite zu suchen. »Schlag ihn tot«, rief der Vater und eilte weiter den Jägern und Hunden, die im besten Zuge waren, nach.

Aber der Hase war ein großer Kerl mit erstaunlichen Kräften, der es mit dem Knaben aufzunehmen vermochte. Er riß die Vorderläufe weit aus und zappelte mit den Hinterbeinen so energisch, daß Walter Mühe hatte, das Tier festzuhalten. Dabei stieß es einen bösen Laut zwischen die Zähne, dergleichen der erschreckte Knabe nie gehört. Krampfhaft hielt er die Läufe umklammert und überlegte einen Augenblick, was zu tun sei. Laufen lassen konnte er die Beute keineswegs. Der Hohn der Jäger, ihr verächtliches Kopfschütteln, würde unerträglich sein. Er sah sich als Taugenichts bezeichnet, fühlte den Mißmut des Vaters vor. Unterdessen kämpfte der Hase verzweifelt um seine Freiheit und ließ immer wieder seine bösen Töne hören und tat, als wolle er den Knaben beißen.

Die Feldarbeiter waren langsam nähergekommen, und Walter erkannte, daß er, wie er so dastand, eine jämmerliche Figur machte. Da bemerkte er, dicht bei, einen großen Stein, der tief im Erdboden wurzelte. Hierhin schleppte er das Tier, hob es mit raschem Entschluß über den Kopf und schmetterte den Schädel des Hasen mit seinen geringen Kräften gegen die Erhöhung des Felsstücks. Hohl und dumpf war der Schlag.

»Aijeh! Aijeh!«, schrie der Hase. Das Mark gefror dem Knaben ob dieser menschlichen Stimme. Angstschweiß trat ihm im Nu aus allen Poren. Sein ganzer Körper klebte. Die Bauern umringten ihn grinsend und bereiteten sich auf das Schauspiel vor, das sich hier abspielen würde. Denn der Hase griff stärkere Kräfte hervor und versuchte energischer seine Freiheit.

Und noch einmal holte Walter aus.

»Aijeh! Aijeh!! Aijeh!!«, schrie heftiger das Tier.

Die Bauern lachten, als Walter ermattet die Arme sinken ließ.

Er litt unter der Qual des Geschöpfs, litt unter der Schadenfreude der belustigten Bauern, litt unter der falschen Pflicht, die er hier zu erfüllen hatte. Und, wie er keinen Ausweg fand, ließ er sich von seiner Knabenwut erfassen und hob zu Schlägen aus, vor deren Wucht er selber erstaunte.

»Aijeh! Aijeh!«, schrie der Hase, schrie es kläglicher, schrie es kleiner.

Dann wurde das Tier still. Die Bauern gingen – zwiespältig offenbar im Gefühl. Walter schleifte die Beute zum Wagen. Da – noch einmal – dicht vorm Gefährt, lief eine neue Lebenswelle durch den Hasen. Und in wahnsinnigem Schreck, mit seiner letzten Kraft, schmetterte der Knabe den blutigen Kopf des Tieres gegen den eisernen Reifen des Wagenrades. Walter empfand einen schmerzhaften Stich in den Unterleib. Und der Hase hauchte unter einem klagenden, langgezogenen Pfeifen sein Leben aus.

Dann griff Walter sich an den Bauch und fühlte ein walnußgroßes Stück Bruch . . .

Der Hase war tot und lag bei den anderen. In Walters Ohren stand regungslos der dumpfe Schall, den die Schläge ausgelöst hatten. Der Schall wich nicht aus seinem Hirn und belastete es als Ungeheueres. Ueber seine Seele aber war ein finsterer Schatten gefallen. Und dieser Schatten hatte sich offenbar auch der Landschaft mitgeteilt. Denn es war ihm, als schiene die Sonne jetzt nicht so hell wie vordem. Und doch war kein Wölkchen am Himmel, und es ging auf Mittag. Sonst verging der Tag nach außen hin, wie auch andere Tage vergangen waren.

Aber es riß ihn hoch aus dem Schlaf in der Nacht. Schauerlich gellte sein Schrei durch das Haus. Man lief mit Lichtern herbei und fand den Knaben mit starren Augen bleich auf den zerwühlten Kissen. Sein Mund stand weit offen. Die Hände zuckten und flohen vor etwas Unsichtbarem.

»Der Hase – – beißt – beißt!« stöhnte er und suchte sich ihm zu entwinden.

»Tausend Hasen! Alles, alles – voll, voll – von Hasen – bis ganz hinten – voll, voll – von Hasen.«

Er hatte sich aufgerichtet.

»Ich kenne dich sehr, sehr du – mit dem Gesicht da!!« kämpfte das Kind. »Alle haben sie andere Gesichter. – – – Schrecklich bist du!!!«

Angstvoll ging diese Nacht zu Ende.

Am Morgen erhob sich Walter ganz gesund. Aber es war ein Druck auf Kopf und Herz, der nicht von ihm wich. Der Arzt, der ihn ausfragen wollte, bekam keine Antwort. Der Knabe schwieg ihn mit großen Augen an. Die Mutter fragte ihn insgeheim und gab ihm ein blankes Geldstück, das er liebte.

»Sie hoppeln – hoppeln – immerzu hin –«, antwortete er tonlos. Er sah, wie die Mutter erregt davonging und Tränen mit dem Taschentuch wischte.

»Aber sie hoppeln doch – hoppeln –«, flüsterte er für sich und deutete schwach auf die Felder hinaus. »Sie sind böse – – ich weiß – –«

Und nachts stiegen dann wieder die schweren Träume kerzengerade wie eine unübersehbare Wand vor ihm auf. Hasen – alles voll Hasen. Und der große Hase mit dem besonderen Gesicht überragte sie alle. Zuweilen machte er Männchen. Und hob eine Vorderpfote und drohte so ganz nachdrücklich, indes sich sein Mund zu einem bitteren Lächeln verzog. Und stellte sich wieder auf die Beine, hoppelte hin, hoppelte her. Und die Unzahl der Hasen faltete dazu die Pfoten und wiegte die spitzen Köpfe, die steifen Ohren von rechts nach links, immer hin und her, hin und her. Und auf einmal öffneten sie die Mäuler und schienen zu singen, etwas zu singen was Walter nicht hörte. Das war unerträgliche Traumqual und zwang zum Weinen. Doch als sich das Hasenheer gegen Walter finster zum Angriff in Bewegung setzte, blieb ihm nur der hemmungslose, markerschütternde Schrei . . .

Die durchpeitschten Nächte zehrten das Kind bis auf das Skelett. Ungeheuer empfand er die Schuld, die er durch den Mord an dem Tier auf sich geladen. Es fiel ihm ein Buch in die Hand, das er aufschlug. Und er las ein paar Sätze, in denen gesagt war, daß jede Schuld auf Erden Sühne erheische. Und diese Sühne könne nur dadurch erlangt werden, daß er sein stärkstes Begehren zum Opfer bringe. Er las weiter, las von vorn, von hinten. Aber alles blieb ihm verschlossen, außer diese wenigen Sätze. Was hatte er für Begehren? Was tat er am liebsten? Am liebsten angelte er, grub Würmer, spießte sie auf den blauen Haken und warf ihn ins Wasser; und freute sich namenlos, wenn er ein Fischlein aufs Trockene ziehen konnte.

An diesem Abend, als alles schlafen war, kniete er vor dem Bette und sprach ein kindlich Gelübde. Nie, nie, nie mehr würde er angeln gehn. Nie mehr würde er Würmer graben und spießen, nie mehr Fische fangen. Ein größeres Opfer zu bringen wußte er nicht. Es machte den freudigsten Teil seiner Ferien aus. Aber so unerschütterlich war sein Entschluß, daß, als er sich zu Bett legte und nun die schönen Tage der Freizeit übersah, er sich kalt und inhaltslos angeweht fühlte von der grauen Zukunft, die auf ihn wartete. Er glaubte das beste des Lebens verloren zu haben.

In dieser Nacht kam zu ihm der Hase im gelben Gewand und hatte eine hohe gelbe Haube auf. Er kam ganz allein über ein blühendes Feld. Und zwischen den Blumen blieb er stehen, lächelte mild und verneigte sich. Dann hob er die schmale wollige Pfote und reichte sie zärtlich dem Knaben hin, der die dargebotene hastig ergriff und mit heftigem Aufweinen einen heißen Kuß darauf drückte . . .

Nie war ein Morgen in Walters Leben jubelnder als derjenige, welcher diesem gewaltigen Aufbruch folgte.

Weihnacht im Tann.

Man mußte ein, zwei Stunden in einer Richtung durch den Wald gehen, bevor man zur Hegemeisterei kam. Und der Weg war zuweilen so schmal und so dicht überwachsen, daß es mühselig war, unter den schneeüberladenen Zweigen hindurchzukommen. Hinter mir war der lebendige Ort in der frühen Dämmerung zurückgeblieben. Die ersten Lichterbäume hatten aus den Häusern geglänzt. Schmerzliche Freude überströmt den Einsamen beim Anblick weihnachtsfestlicher Gesichter, in deren Reigen sich zu bewegen er verhindert ist. Aber hier draußen in der schrankenlosen Freiheit durchrieseln ihn Kräfte, wie nur selten gespürt, und es gehen vom Herzen aus Sendungen der Liebe und Heiterkeit hin zu den unterschiedlichen Wohnungen der erwartungsvollen Menschenkinder.

Das halbe Gesicht des Mondes stand zwischen den Bäumen. Und die Sterne blinkten ganz rasch, klar und blau in der großen Kälte. Jeder Schritt der Füße war ein lauter Gesang durch die Winterstille. Alles ringsher schien tief im Schlaf, und war doch achtsam und angespannt und ganz auf der Hut vor plötzlichem Ueberfall. Weit aus dem Holze belferte ein Hund. Ich erkannte ihn an der Stimme. Es war Trompatsch, ein Tier mit einer besonderen Lebensgeschichte.

Der alte Hegemeister wußte, daß ich unterwegs war. Und es sollte mich doch wundern, wenn er nicht bald entgegenkäme. Der Trompatsch meldete mich. Und er hatte eine ganz besondere Art zu bellen, wenn gerade ich kam.

Der alte Hegemeister, ein väterlicher Freund, wohnte schon seit mehr als zwanzig Jahren in dieser unerhörten Einsamkeit, welche er nur wenige Male verlassen hatte und die zweimal in der Woche der Postbote störte, der zugleich der Ueberbringer der wichtigsten Lebensmittel und Gebrauchsgegenstände war. Kartoffeln und Gemüse zogen der Hegemeister und seine Frau selber auf einer umfriedeten Rodung. Auch zwei Kühe hatten sie im Stall, die im Herbst ihre überflüssige Kraft als Zugtiere abzugeben hatten . . . Wildfleisch gab es im Forsthause nicht. Denn der Hegemeister war ein Feind des Gewehrs. Er hatte noch nie ein Tier in diesem Schutzbezirk getötet – auch kein Raubgesindel, das zur Winterzeit die ruhigen Bewohner des Waldes verfolgt. Nur wenn es gar zu toll wurde, schickte der Hegemeister eine Postkarte fort. Dann beorderte der Oberförster ein paar Referendare oder Assessoren, die mit fröhlichem Jungenmut das räuberische Vieh erschossen . . .

Richtig!, jetzt kam der Trompatsch dahergerast, umarmte und küßte mich gehörig und raste wieder davon. Und schon wieder brauste das Tier daher. Der Hegemeister mußte also gleich aus dem Schatten der Bäume treten. Und das tat er auch. Ich fühlte mich recht gesellig bei dem freudigen Ueberfall von Herr und Hund. Der Hegemeister nahm mein Paket, schüttelte es am Ohr und freute sich, daß es in mehreren Tonlagen gluckerte. Dann schritten wir schweigend dahin auf dem Wege, der immer breiter wurde und schließlich auf eine klare Lichtung hinauslief, in deren Mitte das kleine Forstanwesen lag. Die freundliche Frau empfing uns warm vor der Tür unter den Lampen des Mondes und der Sterne. Das ganze Haus roch nach Backwerk, ohne daß es diesem möglich gewesen wäre, den süßen Duft der Bratäpfel zu erdrücken.

Es wurde ein Braten gegessen, nicht aus Zerstreuung, sondern weil man rechtschaffen hungrig war. Und man saß nicht länger als unbedingt notwendig am Speisetisch. Dann kam der glühende Grog vor die Nasen. Die Gedanken wurden tiefer. Das Gespräch lief ruhiger, langsamer. Das alte Mütterchen war ein wenig eingenickt zur Seite des Ofens. Ihr zu Füßen lag Trompatsch, die Schnauze unter den gekreuzten Vorderpfoten und mit Aeuglein, die bald blinzelten, bald sich wieder schlossen.

Ich sah in das zerfurchte Gesicht des Alten. Er hatte es schwer gehabt im Leben. Zwei Jungen hatte der Krieg geschluckt, der dritte – wie immer – gerade der Taugenichts, trieb sich auf den fremden Straßen der Erde umher. Doch waren die Eltern sicher vor ihm, denn des Vaters Riesenfaust war knochig und derb und bedauerte, daß sich der Tunichtgut in viel zu großen Entfernungen hielt.

Als der Greis mich so in Gedanken an seinem Gesicht hängen sah, schob er seinen schönen Vollbart in die Rockfalten über der breiten Brust, klopfte seine Pfeife aus und sagte. »Du wartest auf die versprochene Geschichte . . .«

Zwar hatte ich darauf nicht gewartet, doch freute ich mich sehr, zu erfahren, weshalb dieser Mann die Waffe aus den Händen gelegt hatte und in diese Einsamkeit gekommen war, um mit den Tieren des Waldes wie mit leisen Freunden zu leben.

»Die Geschichte ist sehr kurz, lieber Mensch. Und eigentlich ist es gar keine Geschichte. Ich wenigstens werde es nicht verstehen, eine Geschichte daraus zu machen. Und eben deshalb, weil es keine richtige Geschichte ist, eine solche Geschichte zum Erzählen, verstehst du – deshalb hab ich sie auch noch keinem erzählt. Ja – – –. Aber dir kann ich das schon sagen. Denn von dir – sieh' mal – weiß ich ganz genau, daß du mich weder gleich hier am Tisch, noch nachher im Bett, noch übermorgen oder nächstes Jahr auslachen wirst. Denn die meisten Menschen zerstören sich die schönsten Augenblicke ihres Lebens, weil sie damit zu Leuten laufen, die gar nicht dazu geeignet sind, solche Augenblicke anzuhören. Und eine jede solche Mißachtung ist ein ganz besonderer Tod für sich. Also – was ich sagen wollte – – –. Mutter! geh doch mal in die Küche. Ich glaub, das Feuer im Herd ist aus. Und wir haben kein heißes Wasser mehr . . .«

Der Alte entledigte sich so der Peinlichkeit, daß seine Lebensgefährtin vielleicht noch einmal in dürren Worten hören mußte, was sie beide zusammen in ganzer Reinheit fühlten und wußten.

»Du wirst mich sehr dumm ansehen. Aber es ist wirklich nichts dahinter. Ich war bloß einmal in den Wald gegangen, um uns einen Rehbraten zu besorgen. Ja – – –.«

Er hatte die Pfeife auf den Tisch gelegt und blickte vor sich ins Leere.

»Dann stand ich plötzlich vor einer Lichtung. Und auf dieser Lichtung wieder stand ein Reh. Aber nur fünf Schritte von mir entfernt. Ganz dicht also. Ich hatte noch niemals so dicht vor einem Reh gestanden. Weißt du, es ist etwas ganz Tolles, so dicht vor einem freien Tier zum ersten Male zu stehen, als Feind zu stehen, sozusagen . . .!«

Er nahm die Pfeife und legte sie bewegt wieder hin.

»Ich stand ganz starr wie ein Denkmal. Und die Augen hielt ich weit geöffnet. Ein sehr eigentümliches Gefühl ging mir durch den Körper – so gar nicht jägermäßig. Es grub sich mir mit einer unaussprechlichen Gewalt das Bedürfnis ein, dieses Tier zu umarmen, zu kosen, zu küssen, es zu schützen, es zu nähren. Seine Lichter zitterten mich an mit sanftem Mut. Und ich kann nicht sagen, wie lange wir es aushielten, so regungslos zu verharren. Doch mir brannten die Augen. Und ich war gezwungen, die Lider einmal leise zu bewegen... Aber, Mensch, ich sage dir! Dieses genügte!! Und das schöne Tier sprang mit großen toderschreckten Sätzen davon! Durch die Lichtung ging ein breiter Graben, den es mit weitem Satz übersprang. Jenseits des Grabens aber lagen Tonröhren, große und kleine. Und darüber stürzte dieses Reh und blieb liegen. Es hatte sich ein Bein gebrochen. Und was soll ein Reh für ein Leben führen auf drei Beinen. Ich gab ihm den Tod. Und dann, mein Freund, kam die große Scham des Lebens über mich... Da hat der Moses gelebt, und da hat der Christus gelebt. Und in den anderen Erdteilen haben ja auch noch welche Menschen große Religionen gemacht. Und zu was – ich frage dich – sind die nütze gewesen? Ich zucke nur mit der Wimper, und das bringt einem Tiere den Tod! Ist das nicht grenzenlos erschütternd? Da leben die Menschen einer nach dem andern jahrtausendelang – und sie leben doch bloß allein um sich zu bessern – und sie haben es trotz all der vielen Bücher und Schulen und Kirchen noch nicht einmal so weit gebracht, daß *Mensch und geängstigtes Wesen einander umarmen!* Und deshalb, siehst du wohl, kam ich hierher. Die Scham war zu groß. Ich hatte das heiße Begehren, an einer Stelle der Erde mit der Besserung anzufangen. Alles, alles sollte ein wenig Besserung sein, was ich tat. Feuerwerke und Treibjagden kann man in Massen abhalten. Aber besser werden und streicheln kann man nur ganz allein – – –«

Es entstand eine lange Pause, denn es wäre unschön gewesen, eine Bemerkung zu machen. Dann sagte der Greis langsam: »Siehst du, es war gar keine Geschichte. Es war nur so ein geringer Anstoß.«

»O doch«, sprach ich da. »Das war schon eine Geschichte, eine ganze, große Geschichte im Menschenleben. Da kommt so ein Förster, blickt einem Tier ins verwundert zitternde Auge und wirft für immer das Gewehr ins Gebüsch. Das ist sogar vielleicht die schönste Geschichte, die ich gehört habe. Sie ist mir ein teueres Weihnachtsgeschenk.«

Der Hegemeister war rot geworden und zündete sich mit fahrigen Bewegungen seine Pfeife an.

»Das ist nun wieder so ein Ausdruck von dir! Ins Gebüsch geworfen! Dort drüben hängt ja die Büchse noch!«

»Ja ja! Die mag da ruhig hängen! Das tut gar nichts zur Sache! So richtig scheint sie mir doch nicht da zu sein. Denn sie ist mir bis heute noch niemals aufgefallen.«

Das Mütterchen brachte das heiße Wasser und richtete die Gläser aufs neue an. Wir tranken und schwatzten leise, und ich fragte, weshalb man denn kein Bäumchen zurechtgemacht hätte.

»Bäumchen«, sagte die alte Frau, und sie lachte leise in sich hinein. »Bäumchen stehen draußen im Wald viele, viele. Und der liebe Gott hat sie alle für uns zurechtgemacht. Das glitzert und funkelt, ohne daß Hände da gebastelt hätten.«

»Es ist so«, sagte der Hegemeister. »Ich hab einen eigenen Glauben von den Dingen allen und meine: alles Wesen auf Erden hat göttliche Seele in sich. Auch so ein Tier, ein Vogel, ein Baum. Denn Seele, *seine* Seele, sagt einem Baum, wie er zu wachsen hat. So ich aber den Baum töte und ihn nicht den natürlichen Weg des Holzes gehen lasse, trenne ich ihn von der unsterblichen Seele, die dann von vorn den schweren Weg ihres Lebens zu gehen hat. Ist es nicht so?«

»Das kann ich nicht wissen«, erwiderte ich. »Doch ich weiß, daß es unendlich schön ist, so zu denken und so zu leben, wenn ich den Menschen ihre Freude auch niemals nehmen möchte!«

»Nein, nein!« ereiferte sich der Greis. »Das geht ja auch uns ganz allein was an. Das ist nicht für alle, meine ich immer. Nur für Einzelne.«

Da schraken wir auf! Es scheuerte plötzlich jemand mit einem harten Gegenstand heftig am Fensterladen. Doch die beiden Alten erschraken nur, weil ich erschrocken war. Das Mütterchen lächelte. Aber der Alte hatte einen besorgten Zug im Gesicht und sagte: »So heftig!?«

»Komm mit«, rief er mir zu, und: »Kusch dich« dem Hunde. Wir gingen durch den dunklen Flur und traten in die glänzende Nacht.

Ich stieß einen leisen Ruf der Ueberraschung aus. Denn die ganze Lichtung war bestanden mit einer Unzahl von Rehen. Ganz dicht am Hause aber standen einige Elche, von denen der eine, ein Hirsch mit riesigem Schaufelgeweih, unablässig sein Gehörn an dem Fensterladen rieb. Ich sah und fühlte ganz deutlich, daß der Hegemeister mit einer Erregung kämpfte. Er hielt die Fäuste geballt und knirschte mit dem Gebiß. »Heute gerade!« preßte er mühsam hervor. »Weshalb gerade heute!!«

Die Tiere ließen sich nicht durch meine Gegenwart stören. Sie kamen sehr langsam näher heran, und der Hegemeister ging ihnen einige Schritte entgegen. Er streichelte sanft über den Rücken eines Rehs. Ein Elchtier kam dicht herbei und rieb seine Nase an seiner Schulter. Auch zu mir kamen die Tiere; doch sie wichen scheu zur Seite, wenn ich mich rührte.

»Mutter, das geht doch nicht«, rief er plötzlich aus und wandte sich und hob in Abwehr die Arme.

»Sei ruhig, Johann, sei ruhig«, sagte sie sanft und trat einen Schritt aus der Tür.

»Wenn er ein Altes, ein Krankes nähme! Mein Gott!!«

Die Tiere drängten noch näher heran. Eine seltsame Unruhe lag über der ganzen Lichtung, und ich fragte leise: »Was ist denn Schlimmes?«

»Gleich fällt ein Schuß! Gleich fällt ein Schuß!« rief der Hegemeister mir fassungslos entgegen und schien am ganzen Leibe geschüttelt zu werden. Bamm!! ging es sogleich. Ein Schrei entrang sich der Brust des Alten! Die Tiere erschraken und sprangen gegen uns an. Unter den Bäumen lief ein Schatten, Aeste brachen, und unter eiligen Schritten sang der gefrorene Schnee.

Der Hegemeister riß Luft in die Lungen und straffte den Körper im Zorn. Doch die Frau riet mit sanfter Stimme: »Sei ruhig, Johann! Sei ruhig! Vor acht Tagen kam doch das dreizehnte Kind. Und alle sind sie am Leben. Die Frau liegt so krank und entkräftet danieder. Und die Aeuglein bitten um Brot, wenn die Mäulchen auch still sind. Die Menschen sind hart. Und das Stiefelversohlen allein macht nicht satt . . .«

Der Hegemeister war ganz zusammengesunken und hielt den Arm um den Hals eines bebenden Tieres gelegt. Die Frau war hinter das Haus gegangen und brachte die Arme voll Heu und streute das aus. Wir gingen zurück in die Zimmer. Unaussprechliche Gefühle ließen kein Wort mehr aus meiner Kehle hervor. Doch der Greis allein fand die erbarmende Lösung und sagte: »Ich komme morgen mit nach dem Ort. Ich muß mir beim Schuster ein Paar Stiefel bestellen. Und auch sonst noch was mitnehmen zur Reparatur. Du hilfst mir ein wenig beim Tragen.«

Und er reichte mir lächelnd die Hand über den Tisch . . .

Sylvesterkantate.

Es war in der Neujahrsnacht drei Viertel auf zwölf, als ich die warme Hütte verließ, um wieder einmal zuzusehen, wie die Menschen untereinander solch eine Stunde verbringen. Von außen betrachtet, sah der Ort ganz tot aus. Auch kamen von nirgendwoher Töne zusammen, die ein Geräusch verursacht hätten. Der Frost kniff in die Ohren, klebte die Nasenlöcher zu und befror die Augen. Und ein leichter Nebel lag auf der Erde, der sich als Rauhreif an Bäume und Zäune hing. Fast aus allen Häusern fiel Lichtschein und malte Fenstervierecke auf den Schnee. Und das Lachen, Singen und Gläserklirren kam nur sehr undeutlich durch die glitzernden Wände. Bloß in der Nähe der Wirtshäuser gab es größeren Lärm. Jeder feierte sein Fest, wie er es verstand und für wichtig hielt. Ich wollte nirgends störend wirken, wich den Menschen nach Möglichkeit aus und zog nur hin und wieder die Mütze vom Kopf, wenn mich ein Unbekannter voreilig mit dem gebräuchlichen Neujahrsgruß anrief.

Als es vom Kirchturm zwölf Uhr schlug, entfaltete sich straßauf, straßab jene überschwengliche Lärmfreude, die das neue Jahr wohl niemals für richtig hält. Und man war mit seinen Lebensäußerungen so sehr beschäftigt, daß niemand das Schweigen der Kirchenglocken zu bemerken schien. Denn sie pflegten in dieser Nacht um zwölf Uhr immer ein Weilchen feierlich über der Landschaft zu stehen. Ich habe in dieser Stunde ihren mahnenden Ruf gern. Und da ich nicht weit vom Küsterhaus mich befand, ging ich die kleine Gasse hinab und klopfte an die Tür des verschneiten, schlafenden Häuschens. Der Schlag meiner kalten Hand klang hohl durch den Flur. Und richtig, es regte sich bald in den Räumen. Eine Tür knarrte sehr laut. Ein Licht flackerte auf. Jemand schlurfte brummend heran. Es war der greise Küster selber, der im Schlafrock öffnete. Er knöpperte mit den verschlafenen Augen und war sehr erstaunt, als er mich erblickte. Mit der Hand die Flamme der Kerze schützend, fragte er nur: »Was – was ist denn?«

»Es ist eben zwölf Uhr vorbei«, sagte ich. »Vielleicht, daß Sie vergessen haben zu läuten.«

Da sah er mich von unten her streng an und erwiderte mit sehr bewegtem Mienenspiel: »Das besorge ich nie, junger Mann. Niemals! Das macht der Herr Kantor. Der hat am Sylvesterabend noch immer an der Orgel zu tun und zieht dann schon das Weilchen an den Strängen. Sie haben mich gestört, nichts weiter!« Und rasch barg er sich hinter der eigenen Pforte.

Also ging ich über den Platz zur Kirche, die in Finsternis und Frieden lag. Es hatte zu schneien begonnen. Und ich mußte an die Menschen in den umliegenden Gehöften und Ortschaften denken, die vor ihren Toren standen, mit der Uhr in der Hand, und beunruhigt auf die Glocken des Kirchturms warteten. Der Herr Kantor mochte vielleicht ein wenig eingenickt sein. Aber ich wußte auch, daß sowohl Kantor als auch Küster, wenn sie allein in die Kirche gingen, dieselbe wieder von innen verschlossen. Und so war es auch gekommen, daß ich noch niemals das Innere dieses Kirchleins gesehen hatte. Denn in der Kirche bin ich am liebsten allein.

Ich war deshalb sehr erstaunt, als sich die Kirchentür dem leichten Druck meiner Hand fügte. Der Schlüssel, stellte ich fest, war wohl umgedreht, aber es war, wie man so sagt, vorbeigeschlossen worden. Zunächst blickte ich in eine schreckliche Nacht hinein. Erst langsam begann ich die Umrisse der hohen, spitzen Fenster zu erkennen. Aber da war mir auch, als stünde ein schwacher Lichtschein über den Bänken, der von der Orgel, die sich über meinem Kopf befinden mußte, herkommen konnte. Ich schritt auf einer weichen Unterlage leise voran. Und als ich etwa im Mittelschiff stand, sah ich tatsächlich oben vor der Orgel den Kantor mit orgelspielenden Bewegungen sitzen. Erwartungsvoll schob ich mich in die Ecke einer seufzenden Bank und sah dem stummen Spiel des einsamen Mannes im weißen Haar zu.

Der Kantor war vor etwa zehn Jahren in den Ort gekommen, und zwar aus der Landeshauptstadt, wo man ihn plötzlich ganz unbegreiflicherweise hatte loswerden wollen. Er verstand es, die Gemeinde durch sein leidenschaftliches Spiel hinzureißen. Und daß er ein guter Musikus war, bewiesen schon die zahlreichen Orgelkonzerte, die er in den Städten der Provinzen gab, und die stürmischen Zulauf hatten. Es läßt sich nicht streiten, daß der ehrwürdige Mann mit mehreren Eigentümlichkeiten behaftet war, die vielleicht in der Großstadt aufgefallen sein mögen. Hier in diesem Städtchen aber gehörten sie zu den Seltsamkeiten, mit denen ein ungewöhnlicher

Mensch begreiflicherweise gesegnet ist. Und wenn der Kantor über die Straße ging und leise, aber vernehmlich vor sich hin »tromm, tromm, tromm, tromm« sang, so hatte man weder Lachen noch Lächeln dafür, sondern war sich bewußt, ein paar gewichtige Töne der Repetition des Kirchenchors für den kommenden Sonntag gehört zu haben; man gab ehrbar den Gruß, den der Versunkene mit einer gewogenen Taktstockbewegung erwiderte. Zweifellos geschah es auch, daß der Verehrte zuweilen ohne Hemdbrust und Schlips in eine feierliche Versammlung geriet, daß er in die Serviette statt in das Schnupftuch nieste. Gott, das sind Dinge, die man begreifen muß. Es gibt Menschen, die auf verschiedenen Bewußtseinsebenen leben, namentlich Künstler. Davon hat man doch oft gehört.

Der Kantor erhob sich nach mehreren heftigen Schlußbewegungen. Um nicht eingeschlossen zu werden, gedachte ich vor ihm die Kirche zu verlassen. Wie aber erstaunte ich, als er ein neues Licht anzündete, seinen Platz verließ und hurtig die Treppe heruntergestiegen kam. Ich sah seinen Schatten quer durch den Raum huschen. Und nun begannen, wie hoch über aller erdenen Welt, die Kirchenglocken feierlich zu rufen. Ein Wispern und Raunen schien über den Bänken zu liegen und es war mir ganz unversehens zumute, als säßen auf all den Bänken gedrängt wahrhaftige Wesen, die meinen diesseitigen Blicken enthoben waren. Ich sank ergeben ein wenig tiefer in meine unruhige Bank hinein, ein Umstand, der mich der Aufmerksamkeit des lautlosen Chormeisters, der dicht an mir vorüberschritt, entzogen haben mag. Bald war er wieder vor seinem Platz, griff nach dem Taktstock und bestieg entschlossen das Dirigentenpult. Er ordnete mit einigen energischen Fingerzeigen eine mir unsichtbare Sängerschar, schien mit geöffneten Lippen die verschiedenen Tonlagen anzudeuten, machte mit dem weißen Stabe »tack« auf die Partitur, hob die Arme beide – – und heraus rauschte der ganze Chor, den ich nicht hörte. Ich starrte ergriffen auf den dirigierenden Helden, der sich mit erschütternder Leidenschaft hin- und herwarf, die Fäuste ballte, die Finger spreizte, Piano und Fortissimo lockte und mit jeder Faser seines lebendigen Leibes aus seinem ohne allen Zweifel trefflich geschulten Chor auch die äußerste Möglichkeit der Blatt für Blatt gewendeten Partitur herausriß. Ich durfte in diesem gesegneten Augenblick erleben, daß mir die Ohren zufielen. Und mit einmal vernahm ich einen beseelten Gesang, den ich niemals wieder vergessen werde. Von einer Unzahl Stimmen getragen rollte eine prächtige Melodie dahin, unterstützt von quellendem Jauchzen, geführt von dem allesbefreienden Taktstock, der wie eine Fahne des Sieges über dem Dasein brannte. Und ich fühlte mit hehren Schauern das Leben auf all den Bänken rings um mich her. Erhobene Seelen glühten gewaltig auf, bar jeder Materie, in der entfesselnden Urkraft jenes feuersprühenden Riesen auf hoher Warte.

Jedoch es öffneten sich mir die Ohren wieder und ein dröhnendes Schweigen hüllte mich ein. Den Bewegungen des seltsamen Mannes war anzusehen, daß sich die Kantate bei einem starken Allegro befand. Sein ganzer Körper flog einen unaussprechlichen Rhythmus. Jetzt kam das Finale! Der Kantor vermochte vor Erregung nicht mehr den Taktstock zu halten und stand wie aus Stein. Dann stieß er den Stab in die Tasche und seine Hände flatterten beglückt wie ziehende Vögel hin. Und als sie schließlich das Rollen der Wogen im Meere ahmten, mochte gewiß ein Engelgesang zerfließen.

Die Kantate war aus. Der Kantor sank auf sein Pult über die Partitur. Vielleicht, daß Weinen ihn schüttelte.

Seliges Ahnen zog mir durch die Brust. Ich erhob mich und suchte das Freie.

Große Flocken machten die Erde ganz lautlos. Ich ging zwischen Gärten hinaus auf das Feld und strebte meiner Hütte am Walde zu.

Das Leben gründete tief unter den deckenden Schollen, darüber ich schritt – schritt ins neue Jahr mit wachem Bewußtsein.

Über tredition

Eigenes Buch veröffentlichen

tredition wurde 2006 in Hamburg gegründet und hat seither mehrere tausend Buchtitel veröffentlicht. Autoren veröffentlichen in wenigen leichten Schritten gedruckte Bücher, e-Books und audio-Books. tredition hat das Ziel, die beste und fairste Veröffentlichungsmöglichkeit für Autoren zu bieten.

tredition wurde mit der Erkenntnis gegründet, dass nur etwa jedes 200. bei Verlagen eingereichte Manuskript veröffentlicht wird. Dabei hat jedes Buch seinen Markt, also seine Leser. tredition sorgt dafür, dass für jedes Buch die Leserschaft auch erreicht wird.

Im einzigartigen Literatur-Netzwerk von tredition bieten zahlreiche Literatur-Partner (das sind Lektoren, Übersetzer, Hörbuchsprecher und Illustratoren) ihre Dienstleistung an, um Manuskripte zu verbessern oder die Vielfalt zu erhöhen. Autoren vereinbaren direkt mit den Literatur-Partnern die Konditionen ihrer Zusammenarbeit und partizipieren gemeinsam am Erfolg des Buches.

Das gesamte Verlagsprogramm von tredition ist bei allen stationären Buchhandlungen und Online-Buchhändlern wie z. B. Amazon erhältlich. e-Books stehen bei den führenden Online-Portalen (z. B. iBookstore von Apple oder Kindle von Amazon) zum Verkauf.

Einfach leicht ein Buch veröffentlichen: **www.tredition.de**

Eigene Buchreihe oder eigenen Verlag gründen

Seit 2009 bietet tredition sein Verlagskonzept auch als sogenanntes "White-Label" an. Das bedeutet, dass andere Unternehmen, Institutionen und Personen risikofrei und unkompliziert selbst zum Herausgeber von Büchern und Buchreihen unter eigener Marke werden können. tredition übernimmt dabei das komplette Herstellungs- und Distributionsrisiko.

Zahlreiche Zeitschriften-, Zeitungs- und Buchverlage, Universitäten, Forschungseinrichtungen u.v.m. nutzen diese Dienstleistung von tredition, um unter eigener Marke ohne Risiko Bücher zu verlegen.

Alle Informationen im Internet: **www.tredition.de/fuer-verlage**

tredition wurde mit mehreren Innovationspreisen ausgezeichnet, u. a. mit dem Webfuture Award und dem Innovationspreis der Buch Digitale.

tredition ist Mitglied im Börsenverein des Deutschen Buchhandels.

Dieses Werk elektronisch lesen

Dieses Werk ist Teil der Gutenberg-DE Edition DVD. Diese enthält das komplette Archiv des Projekt Gutenberg-DE. Die DVD ist im Internet erhältlich auf **http://gutenbergshop.abc.de**

FSC
www.fsc.org

MIX

Papier | Fördert
gute Waldnutzung

FSC® C083411

Zeitfracht Medien GmbH
Ferdinand-Jühlke-Straße 7
99095 Erfurt, Deutschland
produktsicherheit@kolibri360.de